ZODIAC ACADEMY

URSPRÜNGE

CAROLINE PECKHAM

SUSANNE VALENTI

BÜCHER VON CAROLINE PECKHAM & SUSANNE VALENTI

Ruthless Boys of the Zodiac
Dark Fae
Savage Fae
Vicious Fae
Broken Fae
Warrior Fae

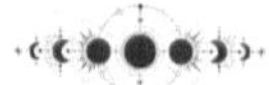

Zodiac Academy
Origins (Novella)
The Awakening
Ruthless Fae
The Reckoning
Shadow Princess
Cursed Fates
The Big A.S.S. Party (Novella)
Fated Throne
Heartless Sky
Sorrow and Starlight
Beyond The Veil (Novella)
Restless Stars
The Awakening: As Told by The Boys (Alternate POV)
Live and Let Lionel (Alternate POV)

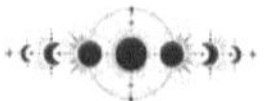

Darkmore Penitentiary
Caged Wolf
Alpha Wolf
Feral Wolf
Wild Wolf

Sins of the Zodiac
Never Keep

A Game of Malice and Greed
A Kingdom of Gods and Ruin
A Game of Malice and Greed

Age of Vampires
Eternal Reign
Immortal Prince
Infernal Creatures
Wrathful Mortals
Forsaken Relic
Ravaged Souls
Devious Gods

Ursprünge
Eine Zodiac Academy Novelle
Zodiac Academy #0.5
Copyright © 2020 Caroline Peckham & Susanne Valenti

Deutsche Übersetzung von Tatjana Becijos für Literary Queens
Buchsatz & Design von Wild Elegance Formatting
Kartendesign von Fred Kroner
Illustrationen von Stella Colorado
Stock art von Depositphotos

Ursprünge/Caroline Peckham & Susanne Valenti, 1. Auflage
ISBN: 978-1-916926-69-1

*Dieses Buch ist all jenen gewidmet, die sich mit dem dunkelsten aller
Schicksale konfrontiert sehen.
Wenn es scheint, als würden die Sterne gegen dich stehen: Trotze ihnen!*

Bei diesem Buch handelt es sich um ein Prequel, das fünf Jahre vor dem ersten Buch der Zodiac-Academy-Serie spielt.

WILLKOMMEN AN DER ZODIAC ACADEMY!
HIER IST DEIN CAMPUSPLAN.

Hinweis an alle Studenten: Vampirbisse, der Verlust von Körperteilen oder das Verirren im Wimmernden Wald gelten nicht als Entschuldigung für das Zuspätkommen zum Unterricht.

Klicke auf die Karte, um sie näher zu betrachten!

Zodiac Academy
Erd-Höhle
Pitball-Stadion
Saturn-Auditorium
Uranus-Krankenstation
Haus Aqua
Neptun-Turm
Lunar-Lounge
Wasser-Lagune
Pluto-Büro
Schwelende Quellen

Asteroidenplatz
Haus Terra
Jupiter Hall
Orb
Mars-Laboratorien
Erd-Observatorium
Venus-Bibliothek
Kammern des Merkur
Heulende Wiese
King's Hollow
Wimmernder Wald
Haus Aer
Luft-Bucht
Feuer-Arena

Gemini
Scorpio
Virgo
Cancer
Aries
Leo
Taurus
Sagittarius
Capricorn
Aquarius
Libra
Pisces

DARIUS

KAPITEL 1

Der Mond spiegelte sich im Wasser, das sich am Ende unseres Grundstücks sammelte, und tauchte den Horizont in ein silbernes Licht. Ich wartete auf meinen Vater. Mein Gesicht war unbewegt, ich hatte die Hände in den Taschen und ließ den Blick über den See schweifen, während ich die heftige Aufregung, die in mir brodelte, im Zaum zu halten versuchte.

Endlich würden meine Kräfte erweckt werden. Mein fünfzehnter Geburtstag stand in einigen Wochen an, ich würde meine Magie also drei Jahre vor meinen Altersgenossen erlangen. Nichtsdestotrotz konnte ich es kaum erwarten.

Ich wollte mir gar nicht vorstellen, wie qualvoll es wäre, mit der Freisetzung meiner Magie bis zu meiner offiziellen Einschreibung an der Zodiac Academy warten zu müssen. Zum ersten Mal seit langer Zeit war ich froh, ein Erbe des Celestia-Rates zu sein. Als ältester Sohn einer der vier herrschenden Familien genoss ich gewisse Privilegien, von denen der Rest der Fae nur träumen konnte. Und dies war eines davon.

Zusammen mit den anderen drei Erben, Caleb, Seth und Max, die jeweils die ältesten Kinder ihrer Familien waren, würde ich mein Geburtsrecht wahrnehmen und den Kuss der Elemente unter meiner Haut spüren. Wir würden eine Woche lang als vorübergehende Studenten das Angebot der Zodiac Academy testen, bevor wir bis zu unserer offiziellen Immatrikulation drei Jahre lang Privatunterricht erhalten würden.

Zum Zeitpunkt unseres Studienbeginns dürfte unsere magische Ausbildung so weit fortgeschritten sein, dass wir sicher sein konnten, unsere Positionen an der Spitze der sozialen Rangordnung einnehmen zu können. Wie es sich für die Söhne der vier mächtigsten Familien des Königreichs eben gehörte.

Zweifellos würden einige der anderen Studenten diesen Vorteil als unfair empfinden, aber ehrlich gesagt war es mir völlig egal, was sie dachten. Ich wollte lediglich die Kontrolle über meine eigene Macht erlangen. Wenn ich lernte, sie gut genug einzusetzen, würde ich vielleicht auch endlich das Gefühl haben, etwas Kontrolle über mein eigenes Leben zu besitzen. Obwohl das immer nur eine Illusion sein würde. Mein Weg war seit der Hochzeit meiner Eltern genau festgelegt.

Alles in meinem Leben war geplant, bis hin zum Tag meiner Empfängnis. Meine Eltern gehörten beide der Formgebung der Drachen an und stammten auf beiden Seiten von einer langen Reihe reinblütiger Vorfahren ab. Sie hatten alles getan, um einen starken Erben zu sichern, bis hin zur Entscheidung, dass ich im Sternzeichen des Löwen geboren werden sollte. Ein Drachenwandler mit dem Element Feuer würde immer eine der mächtigsten Kreaturen auf dem Campus sein. Und auch überall sonst.

Als Kind hatte ich mich oft vor meiner ersten Verwandlung gefürchtet – zu schrecklich wäre es gewesen, wenn ich mich als Mitglied einer anderen Formgebung entpuppt hätte. Ich wäre mir der Verachtung und Enttäuschung meiner gesamten Familie sicher gewesen, wenn nicht sogar der gesamten Bevölkerung von Solaria. Ein Acrux hatte ein Drache zu sein, ganz einfach. Wenn ich mich aufgrund eines unberechenbaren rezessiven Gens in einen Werwolf oder einen Greif verwandelt hätte oder durch die Sterne mit einer willkürlichen Konstellation wie dem Sternbild des Zentauren verbunden gewesen wäre, hätte diese Schmach mein Leben zerstört.

Glücklicherweise war mein Freund Seth an meinem elften Geburtstag beim Tanzen etwas überschwänglich geworden und hatte es geschafft, meinen gesamten Geburtstagskuchen zu Boden zu befördern. Meine Wut und Enttäuschung hatten schließlich darin gegipfelt, dass ich mich mitten im Festsaal meiner Eltern in einen fast vier Meter großen goldenen Drachen verwandelt hatte.

Ich erinnerte mich noch gut an fliehende Fae, zerstörte Möbel und brennende Vorhänge. Aber besonders ein Bild hatte sich in meinen Erinnerungen zementiert: Die Augen meines Vaters hatten mit einem Stolz geleuchtet, den ich ihm wohl nie zugetraut hätte. Er hatte meine verwandelte Form tatsächlich mit einem Lächeln unter die Lupe genommen und meine schimmernden Schuppen gestreichelt – eine Berührung, mit der er einer Umarmung näher gekommen war als je zuvor.

So hatte er mich zuvor noch nie angesehen. Und auch danach nicht mehr. Aber für einige lange Sekunden hatte ich gewusst, wie es sich anfühlte, seine Anerkennung statt seines Zorns zu verdienen.

Und obwohl meine Drachenform mittlerweile doppelt so groß war und ich die Kunst des Fliegens und des Feuerspuckens auf jede erdenkliche Weise beherrschte, hatte er mich nie wieder so angesehen. Mein verwandelter Körper besaß nun fast die Größe seiner grünen Drachenform, und ich war mir fast sicher, dass ich irgendwann größer sein würde als er. Wahrscheinlich würde ich auch in meiner Fae-Gestalt ein größerer Mann sein.

Ich war bereits eins achtzig groß und wuchs immer noch. Zehn weitere Zentimeter und ich würde auf ihn hinabschauen können. Ich war entschlossen, diesen Tag kommen zu sehen. Selbst wenn das Einzige, was es mir einbrachte, seine gedämpften Launen waren. Wesentlich besser als seine Wut.

Das laute Klackern von High Heels ertönte hinter mir auf der Marmortreppe, aber ich wandte mich nicht von meiner regungslosen Position an der Tür ab. Eine kühle Brise wehte um mich herum, aber ich spürte keine Kälte. Mein Blut floss heiß durch meine Adern, auch ohne Magie, und die Kälte störte mich selten.

»Dein Hemd steckt nicht ordentlich in der Hose«, bemerkte meine Mutter, als sie sich neben mich stellte.

Ich stieß ein zustimmendes, kehliges Geräusch aus, und sie schüttelte den Kopf, während sie begann, den Stoff unter meinen Hosenbund zu schieben, als ich mich selbst nicht dafür zu interessieren schien. Ihre schwarzen Haare, die ich geerbt hatte, waren kunstvoll am Hinterkopf hochgesteckt, und ihr Make-up war perfekt aufgetragen. Kein einziges Härchen war fehl am Platz. Der Tag, an dem ich sie zerzaust sehen würde, wäre in der Tat ein seltsamer Tag. Etwas so Triviales wie das Erwachen ihres ältesten Sohnes würde diese Fassade sicherlich nicht zum Einsturz bringen.

Als sie mit mir fertig war, entfernte sie sich wieder. Small Talk war nicht ihr Ding. Lange Gespräche oder bedeutungsvolle Dinge waren es auch nicht wirklich. Sie war eine Art Geist, der in Designerkleidung und einem Push-up-BH durchs Haus schwebte. Ich hatte sie seit Jahren nicht mehr in ihrer Drachenform gesehen. Die Verwandlung passte nicht gut zu sorgfältig geplanten Frisuren, und sie hatte beschlossen, in dem Fall ihren Drachen zu opfern. Wer hatte schon Lust, sich in das mächtigste Wesen überhaupt zu verwandeln und durch die Wolken zu fliegen, wenn man sich auch einfach an dem Gefühl eines straff gewickelten Haarknotens am Hinterkopf erfreuen konnte? Abgesehen von meinen dunklen Haaren und Augen hatte ich, das war verdammt sicher, nicht viel von meiner Mutter geerbt.

»Darf ich mitkommen? *Bitte?*« Xaviers Betteln drang an meine Ohren, und ein amüsiertes Lächeln huschte über mein Gesicht, als ich hörte, wie mein jüngerer Bruder versuchte, unseren Vater davon zu überzeugen, ihn mitzunehmen. »Vielleicht ermutigt die Gesellschaft so vieler Studenten meinen Drachen endlich, an die Oberfläche zu treten«, drängte er, wohl wissend, dass dies das Einzige war, was Vater dazu bringen könnte, seine Meinung zu ändern.

»Wenn es nichts gebracht hat, Zeit unter deinesgleichen zu verbringen, um den Drachen aus deinem Körper zu locken, warum sollte es dann etwas bringen, sich unter Harpyien und Minotauren zu mischen?«, antwortete Vater. Ich hörte schon am Ton seiner Stimme, dass er seinen verächtlichen, spöttischen Blick aufgesetzt hatte.

Xavier gab mit einem dramatischen Seufzen nach, dem schnell ein Aufschrei folgte, als Vater ihm für das respektlose Geräusch eine Ohrfeige verpasste.

Ich drehte mich um und neigte den Kopf ein Stück, um mein eigenes Ohr vor dem Kontakt mit seinen Fingerknöcheln zu bewahren. Seine blonden Haare und seine grünen Augen bildeten einen starken Kontrast zu meinen, aber ich hatte seine muskulöse Statur und seinen starken Unterkiefer geerbt. Ich dachte gerne, dass ich nichts von ihm hatte, aber ich wusste, dass sein Temperament in mir schlummerte. Obwohl ich besser darin war, es im Zaum zu halten. Natürlich gab es niemanden, der ihn zurechtweisen konnte, wenn er seine üble Laune an jemandem ausließ, also nahm ich an, dass er nicht das Bedürfnis verspürte, sich zu zügeln. Als einer der vier mächtigsten Fae Solarias konnte sich niemand gegen ihn behaupten. Nur die anderen drei Ratsmitglieder waren ihm in Magie und Macht ebenbürtig, und nur sie waren vor seinem Zorn sicher. Zumindest meistens.

»Komm, Darius!«, schnauzte er. »Wir wollen nicht zu spät kommen.«

Ich bewegte mich auf ihn zu, während er ein kleines Seidenbeutelchen aus seiner Tasche zog, und biss mir auf die Zunge, um nicht darauf hinzuweisen, dass ich bereits seit einer halben Stunde hier auf *ihn* gewartet hatte.

Mutter tauchte wieder auf und unterdrückte ein Seufzen, als ihr Blick auf Xaviers wilde schwarze Locken fiel, die in alle Richtungen abstanden. Ich grinste meinen Bruder verschmitzt an, als er ein paar Schritte zurückwich – mit einem Ausdruck der Enttäuschung in seinen grünen Augen. Er wollte mitkommen, und ich hätte ihn sehr gern dabeigehabt. Tatsächlich hätte ich seine Anwesenheit am liebsten gegen die von Mutter und Vater eingetauscht und einfach einen Wagen zur Academy genommen.

Aber das war natürlich keine Option. Die Acrux-Familie würde mit Sternenstaub anreisen, nur um ihre Position zu verdeutlichen. Es spielte keine Rolle, dass das Zeug ein Vermögen kostete oder die Fahrt mit dem Auto nur etwas mehr als eine halbe Stunde dauern würde. Der Punkt war, dass wir es uns leisten konnten und die anderen Familien daran erinnern wollten, dass es ohne Drachenfeuer keinen Sternenstaub geben würde – unabhängig jeglicher Kosten.

Ich ging mit Mutter und Vater die lange Auffahrt entlang, und ein Wachmann öffnete das riesige Eisentor für uns, damit wir unser Grundstück verlassen konnten. Sobald wir aus dem Tor und durch den magischen Schild, der das Grundstück umgab, getreten waren, schüttete Vater den glitzernden schwarzen Sternenstaub in seine Hand und hielt sie zwischen uns hoch.

Als ich mich umdrehte, sah ich Xavier auf der Veranda stehen und verabschiedete mich still, gerade als mir der glitzernde Sternenstaub ins Gesicht geweht wurde.

Die Welt schwankte und drehte sich, Sterne explodierten um uns herum und hüllten uns in ihr silbriges Licht, bevor sie uns inmitten eines Feldes auf dem Gelände der Zodiac Academy wieder ausspuckten.

»Ich dachte schon, du würdest nicht kommen«, sagte Seth, während er lächelnd auf mich zukam, um mich zu begrüßen. Seine kastanienbraunen Haare waren länger geworden und hingen ihm inzwischen bis zum Kinn. Vor ein paar Monaten hatte er eine Wette gegen Caleb verloren und sich bereit erklärt, sie ein Jahr lang nicht zu schneiden. Der Stil passte seltsamerweise ganz gut zu ihm und unterstrich die Wildheit seiner braunen Augen. Ich konnte mir nur vorstellen, wie entsetzt Mutter wäre, wenn ich mich entscheiden würde, diesen Stil für mich selbst auszuprobieren.

Seth warf seine Arme um mich und streichelte kurz meinen Nacken, bevor er sich wieder zurückzog. Wie bei Werwölfen üblich hatte er sich bereits als Kind zum ersten Mal in seinen weißen Wolf verwandelt und tat dies nun schon seit Jahren. Es lag in der Natur der Werwölfe, taktil zu sein, und ich nahm seine vertrauten Umarmungen mit einem gewissen Verständnis entgegen, von dem ich wusste, dass er es zu schätzen wusste.

Es fiel ihm schwer, sein angeborenes Verhalten zu zügeln, besonders in Gegenwart derer, die er als Teil seines Rudels und als seine besten Freunde betrachtete. Die anderen Erben und ich waren die hauptsächlichen Ziele seiner liebevollen Umarmungen und sogar gelegentlichen Knuddeleien. Drachen neigten dazu, wesentlich zurückhaltender mit Zuneigungsbekundungen umzugehen, aber irgendetwas an Seths wölfischem Verhalten schien mir immer seltsam befreiend.

Die zusammengepressten Lippen meiner Mutter signalisierten mir, dass sie meine Sichtweise nicht teilte, aber sie würde sich nie wegen einer so trivialen Angelegenheit gegen ein Mitglied eines der anderen Häuser aussprechen.

Auch Caleb kam auf mich zu, um mich zu begrüßen. Ich lächelte ihn breit an und wir umarmten uns kurz. Obwohl seine Formgebung noch nicht zum Vorschein gekommen war, rechneten wir alle fest damit, dass es heute Abend so weit sein würde. Seine Familie bestand ausschließlich aus Vampiren, und um ihre Magie wieder aufzufüllen, mussten sie sich vom Blut und der Kraft anderer Fae ernähren. Sie waren die einzige Formgebung, deren Erscheinen vorhersehbar war; sobald ihre Magie erweckt war, würden auch sie ihre Vampirfähigkeiten entwickeln. Da seine Familienblutlinie fast so rein war wie meine, konnte man davon ausgehen, dass seine Reißzähne zusammen mit seiner Magie zutage treten würden.

Max schloss sich uns als Letzter an. Seine dunkle Haut war mit marineblauen Schuppen bedeckt, die seine Zugehörigkeit zur Formgebung der Sirenen verrieten.

»Kein Wort«, murmelte er, und ein Anflug von Verlegenheit färbte seine tiefe Stimme. Er hatte seine Verwandlungen bislang nicht ganz unter Kontrolle, und wann immer er starke Emotionen verspürte, fühlte er sich überwältigt und bekam Schuppen.

»Würde nicht im Traum daran denken«, antwortete ich und legte einen Arm um ihn, damit er etwas von meiner Heiterkeit mit seiner Sirenenkraft aufsaugen konnte.

Max grinste mich an, und ich spürte, wie sich meine Freude für einen Moment auf ihn übertrug, aber ich zog schnell meine Hand zurück, als ich Vaters Blick auf mir spürte. Er hatte seine Meinung mehr als einmal deutlich gemacht, als es darum gegangen war, die parasitären Formgebungen zu füttern: Er glaubte, dass es mich als schwach ausweisen würde, wenn ich einer Sirene oder einem Vampir erlaubte, sich von meiner Magie zu ernähren. Sie sollten ihre Quellen überwältigen, und wenn ich mich selbst anbot, könnte das so ausgelegt werden, als würde ich zugeben, dass Max oder Caleb mächtiger waren als ich. Ich war jedoch anderer Meinung. Warum sollte ich meinen Freunden nicht etwas von meiner Kraft geben, wenn sie sie brauchten? Ich konnte meine eigene Kraft leicht wieder auffüllen, und wenn es sie glücklich machte, dann sah ich darin keinen Schaden.

Trotz meiner persönlichen Gefühle zu diesem Thema entfernte ich mich von Max, wie Vater es erwartete. Ich würde keinen Ärger riskieren, nur um etwas zu beweisen.

»Wir können anfangen, wenn Sie alle bereit sind«, rief eine Frau, und ich spähte an den anderen Erben vorbei und sah, dass sie auf dem Hügel auf uns wartete. »Ich bin Professor Zenith und es ist mir eine große Freude, heute Abend Ihre Kräfte zu erwecken«, säuselte sie und ließ ihren Blick hungrig über uns schweifen, während wir uns um sie herum aufstellten, um einen Kreis zu bilden.

Mein Herz schlug vor Vorfreude etwas schneller. Das war er. Der Moment, in dem ich herausfinden würde, welche Macht in mir steckte. Ich wusste bereits, dass ich Feuer beherrschen würde, da mein Sternzeichen mit diesem Element verbunden war, aber ich hegte die Hoffnung, vielleicht ein weiteres Element meistern zu können. Vielleicht sogar zwei.

Es war zwar äußerst ungewöhnlich, aber mein Urgroßvater hatte Feuer, Erde *und* Luft beherrscht, und mein Vater hatte die Tatsache oft genug erwähnt, sodass ich wusste, dass er sich das auch erhoffte. Ich fragte mich vage, ob er mich genauso ansehen würde wie damals, als ich meine Drachenform offenbart hatte, wenn es mir gelänge, drei Elemente zu beschwören.

Die Professorin begann, in lateinischer Sprache zu sprechen, und ich wandte den Kopf zum Himmel, als sie die Sterne bat, unsere Gaben zu entfesseln.

Ich richtete meinen Blick auf den Nordstern, während mein Herz wild gegen meine Rippen pochte. Regentropfen liefen über meine

Wangen und ich blinzelte, als das Wasser durch meine Wimpern tropfte. In meiner Brust breitete sich eine unsägliche Schwere aus, und es fühlte sich an, als würde das Wasser unter meine Haut kriechen, sich dort einnisten und mich von innen her füllen.

Ich wusste nicht, was das bedeutete, bis Max links von mir ein Lachen ausstieß. Ich ließ meinen Blick zu ihm schweifen und bemerkte, dass auch sein Gesicht nass war, obwohl keine Wolke am Himmel zu sehen war. Caleb grinste amüsiert, als er uns beide betrachtete, und endlich ließ der Regen nach.

»Herzlichen Glückwunsch, Max und Darius«, sagte Professor Zenith ermutigend. »Sie beide besitzen die Kraft des Wassers.«

Bevor ich diese Information verarbeiten konnte, führte sie ihre lateinischen Rufe fort, und ich war gespannt, ob ich die Kraft der Luft ebenfalls beherrschen würde.

Seths schallendes Gelächter lenkte meine Aufmerksamkeit auf ihn, als seine Haare von einem Wind, den ich nicht spüren konnte, um ihn herum aufgebauscht wurden. Ich verdrängte den Moment der Enttäuschung und freute mich stattdessen für meinen Freund.

»Herzlichen Glückwunsch, Seth und Max, Sie beherrschen beide das Element Luft«, erklärte die Professorin.

Max grinste wie ein Honigkuchenpferd, und ich konnte es ihm nicht verübeln. Er hatte bereits zwei Gaben unter Dach und Fach. Sein Vater konnte nicht anders, als vor Begeisterung in die Hände zu klatschen, und ich ertappte mich dabei, die offenkundige Begeisterung für seinen Sohn geradezu gierig anzustarren. Die Professorin rief erneut die Sterne an, während ich ihn beobachtete und meinen Blick nicht von ihm abwenden konnte.

»Herzlichen Glückwunsch, Caleb und Seth, Sie beide besitzen das Element Erde.«

Schließlich wandte ich meinen Blick von Max' Vater ab und sah, dass meine beiden Freunde von Ranken und Gras umschlungen wurden, die vor einem Moment noch nicht da gewesen waren. Mir wurde klar, dass ich es nicht geschafft hatte, wie mein Urgroßvater drei Elemente zu beherrschen, während mein Vater gerade laut genug seufzte, um mich wissen zu lassen, dass er enttäuscht war.

Ich schluckte seinen Unmut hinunter, ohne dass mein Gesicht verriet, dass ich es bemerkt hatte, geschweige denn, dass es mich kümmerte.

Plötzlich flammte Hitze um meine Beine auf und ein Feuerring versengte den Boden, während sich die Wärme durch meine Glieder bis in meine Seele ausbreitete.

»Na, das ist ja entzückend!«, rief die Professorin. »Jeder von Ihnen besitzt zwei Elemente.«

Ich wandte meine Aufmerksamkeit von der sich aufbäumenden Magie in meinem Körper ab und sah, dass das Gras um Calebs Beine ebenfalls verbrannt war.

Er grinste mich aufgeregt an, seine Reißzähne funkelten im Sternenlicht und bestätigten seine Formgebung. Seth tat so, als hätte er Angst, gebissen zu werden, und ich musste lachen.

Calebs Mutter brach in Freudentränen aus, als sie auf ihn zugerannt kam und ihre Arme um ihn schlang, und ein unangenehmes Gefühl durchzuckte mich.

Ich drehte mich mit einem Lächeln zu meiner Familie um, das mir jedoch verging, als ich sah, dass meine Mutter ihr Make-up in einem Kosmetikspiegel überprüfte, während mein Vater ausgesprochen gelangweilt aussah.

»Na ja«, sagte er – leise angesichts unserer Gesellschaft. »Vielleicht ist dein Bruder dann derjenige, der drei Elemente unter seiner Kontrolle haben wird.«

Ich biss mir auf die Zunge, um nicht zu antworten, und wandte mich von ihm ab, während ich meine Miene korrigierte, um wieder gewohnt gelangweilt auszusehen. Meine Freunde genossen die Aufregung und die Anerkennung ihrer Familien, und ich versuchte, die Zurschaustellung von Zuneigung nicht zu intensiv zu verfolgen. Meine Familie zeigte keine Emotionen. Weder offen noch im Privaten. Wir waren stark, solide, unerschütterlich. Ein Drache brauchte niemanden. Wir konnten auf uns selbst aufpassen.

Seth hatte es in die Mitte seiner Familie geschafft, und seine Eltern und drei jüngeren Schwestern streichelten und liebkosten ihn, während sie seine Aufregung teilten. Die Geschwister aller anderen waren hier, und ich wünschte, Xavier hätte auch mitkommen dürften. Er hätte meine Aufregung geteilt, auch wenn meine Eltern es nicht taten.

Seths Mutter bemerkte, dass ich sie ansah, und streckte einen Arm aus, um mich zu ermutigen, mich ihnen anzuschließen. Ich räusperte mich unbehaglich, warf einen Blick auf meine Eltern und fragte mich, ob mein Vater wohl in Flammen aufgehen würde, wenn ich mich mitten in eine Werwolf-Knuddel-Session stürzen würde. Vielleicht würde er mir auch – vor allen Anwesenden – den Wunsch aus dem Körper prügeln, so etwas jemals wieder zu tun. *Wahrscheinlich Letzteres.* Ich lächelte Seths Mutter höflich an, wandte mich ab und tat so, als würde ich das Mitleid in ihren Augen nicht bemerken.

Ich ging ein paar Schritte den Hügel hinauf und konzentrierte mich stattdessen auf die neue Kraft, die unter meiner Haut brodelte. Und ich hielt das Lächeln nicht länger zurück.

Die Magie in meinen Adern kämpfte darum, freigelassen zu werden, und ich konnte die sanfte Liebkosung von Flammen und Flüssigkeit in mir spüren. Die beiden Elemente waren völlig gegensätzlich, und durch ihre verworrene Umarmung fühlte ich mich freier als je zuvor.

Meine Handflächen kribbelten und mein Herz raste. Das war es. Ich hatte endlich meine eigene Kraft beansprucht. Und ich wollte unbedingt herausfinden, wie es sich anfühlte, sie freizusetzen.

Gemini
Scorpio
Virgo
Cancer
Aries
Leo
Taurus
Sagittarius
Capricorn
Aquarius
Libra
Pisces

ORION

KAPITEL 2

»Und die Zodiac Academy gewinnt den Pitball-Cup!« Kein einziger Ton auf der Welt könnte den tosenden Applaus nach dem Spiel übertreffen. Ich hatte mein letztes Spiel an der Zodiac Academy gewonnen und stand jetzt im Herzen des Pitball-Spielfelds, nichts weniger als ein König. Die anderen Studenten riefen meinen Namen und schwenkten Fahnen mit den silbernen und marineblauen Farben unserer Schule.

Das Spiel war seit der Halbzeit gewissermaßen entschieden gewesen. Unsere Gegner von der Omega Academy hatten so schlecht gespielt, dass sie gar nicht erst hätten antreten brauchen. Aber dann hätten wir sie nicht besiegen und ihnen zeigen können, wie echte Gewinner aussahen.

Das hoch aufragende Pitball-Stadion verstärkte den Lärm um das Zehnfache. Hier war ich ein Gott. Es war mein liebster Ort in ganz Solaria.

Mein Lebensweg war vor langer Zeit für mich festgelegt worden, aber ich war entschlossen, davon abzuweichen. Egal, welchen dunklen, trostlosen Weg ich allein würde gehen müssen, um zu entkommen. Aber in diesem Moment wirkte er nicht trostlos, sondern verdammt göttlich.

»Orion, zieh dein Trikot wieder an und verschwinde vom Spielfeld!«, rief der Trainer von der Seitenlinie, seine silbernen Haare klebten schweißnass an seiner Stirn.

Er regte sich während jedes Spiels auf – und das war das letzte Spiel des Jahres gewesen. Jetzt stand ich kurz vor meinem Abschluss, er wusste, dass ich eine Goldgrube in der Mache war. Er wollte der Typ sein, der Lance Orion trainierte, bevor er es in ein Team der Solarischen Pitball-Liga schaffte. Und das war nicht mehr nur ein Traum. Nächste Woche sollte ich vor einer Gruppe von Talentsuchern für die Liga ein Probetraining absolvieren. Für die Liga!

»Orion!«, blaffte der Trainer, und ich grinste, während ich noch einen letzten Moment lang genoss, wie mein Name durchs Stadion gegrölt wurde. Ein Kribbeln durchströmte meinen Körper und sagte mir, dass ich hier hingehörte.

Ich folgte meinem Team, das bereits auf dem Weg in die Umkleideräume war, und klopfte einigen meiner Teamkollegen anerkennend auf die Schultern. Unsere Wasserkriegerin, Kayla, warf mir einen Blick zu, der verriet, dass sie bereit für die Party war, nachdem der Trainer uns von seiner detaillierten Spielanalyse erlöst hatte. Er würde jeden Fehler, jede Möglichkeit, mehr Bälle in den Pit zu bekommen, analysieren. Aber das störte mich nicht; ich schwebte auf Wolke sieben. Nichts auf der Welt konnte mich von diesem Hochgefühl herunterholen.

Nach einer Dusche und fast dreißig Minuten Erbsenzählerei durch den Trainer wurden wir aus der Umkleidekabine entlassen und ich machte mich auf den Weg zurück zu den Tribünen. Das riesige Stadion wurde langsam still, der Rasen glühte noch von den Angriffen der

Feuerelementare. Ein paar der Professoren machten sich an die Arbeit, den Platz für den nächsten Einsatz wieder herzurichten. Aber für mich war's das gewesen. Mein letztes Spiel für die Zodiac Academy. Und obwohl ich traurig war, mich von der Academy zu verabschieden, die vier Jahre lang mein Zuhause gewesen war, konnte ich es kaum erwarten, mein neues Leben zu beginnen. Ein verdammt besseres Leben, in dem meine Mutter kein Mitspracherecht in Bezug auf mein Schicksal haben würde.

Mein Herz schlug wie eine Trommel, und ich grinste wie ein Schneekönig, während ich nach dem Mädchen suchte, das ich seit Wochen vermisste.

»Lance!« Ihre Stimme ließ mich aufhorchen, und ich drehte mich um. Ich war auf halber Höhe der sich leerenden Tribünen, wo ganze Studentengruppen versuchten, mich anzusprechen und mit Komplimenten zu überschütten. Sirenen streichelten meine Arme, um sich an meinem Glück zu laben, und es war mir egal genug, um sie nicht abzuschütteln. Heute hatte ich Glück zu verschenken.

Ich entdeckte meine Schwester ein paar Reihen weiter unten; sie wedelte mit einem Hotdog, während sie auf ihren Fersen vor und zurück wippte. Ich sprang über die Sitze, die uns trennten, und riss ihr grinsend das Essen aus der Hand.

»Danke, Clara«, sagte ich mit Brot, Wurst und Ketchup im Mund. Ich war im doppelten Sinne des Wortes hungrig, und obwohl dies den einen Teil sättigen würde, brauchte der andere etwas viel Spezifischeres.

»Hey, du Plagegeist!« Clara strahlte. Meine Schwester war ein Jahr älter als ich und einen Kopf kleiner. Sie war die Vernünftige, die, die Mom zehnmal am Tag lobte. Ich war der Rebellische, der mehr Ohrfeigen als Umarmungen von Mom bekam. Wir waren völlig verschieden, aber seit sie letztes Jahr die Zodiac Academy abgeschlossen hatte, war ich ohne sie verloren. Es gab niemanden auf der Welt, dem ich mich anvertraute, außer Clara. Und seit sie weg war, wurde mir klar, wie sehr ich mich auf sie verlassen hatte.

»Du hast wie ein echter Pro gespielt.« Sie wackelte mit den Augenbrauen, aber ihr Lächeln erreichte ihre Augen nicht ganz. Und wenn ich mich nicht täuschte, sah sie dünner aus als beim letzten Mal, als ich sie gesehen hatte. »Obwohl ich nicht glaube, dass sie dich für die Liga spielen lassen werden, bis du das Problem mit deinem Kopf in den Griff bekommst.«

Ich schob eine Hand in meine feuchten Haare und wirkte heiße Luft in meine Handfläche, um sie zu trocknen. »Welches Problem?«, fragte ich schnaubend.

»Die Größe.« Sie tippte mir grinsend auf die Stirn.

Ich stieß ein Lachen aus. »Ich werde daran denken.« Ich zupfte an ihrer Weste. »Du machst doch keine Low-Carb-, No-Fat- oder No-Fun-Diät, oder?«

Sie schüttelte den Kopf. »Natürlich nicht.«

»Wo ist dann ein Drittel meiner Schwester hin?«, neckte ich sie, und sie schürzte die Lippen. Sie war schon immer schlank gewesen, aber ihr jetziger Zustand brachte mich dazu, einschreiten zu wollen.

Sie zuckte mit den Schultern und ich beschloss, das Thema ruhen zu lassen. Wenn es sie glücklich machte, dann war das in Ordnung, aber ich verstand nicht, warum Mädchen sich nur von Luft ernähren mussten, um mit ihrer Figur zufrieden zu sein.

Mein Blick fiel auf eine Gruppe von Freshmen-Mädchen, die sich am Fuße der Treppe versammelt hatten. Sie beäugten mich und kicherten von Zeit zu Zeit miteinander. Eine erstklassige Gelegenheit, meine magischen Vorräte wieder aufzufüllen. Meine Reißzähne wurden als Reaktion auf diesen Gedanken schärfer und schienen danach zu schmerzen, sich in ihr weiches Fleisch zu bohren.

Clara stieß mich in die Rippen, und ich erwiderte ihren Blick mit einem schelmischen Lächeln. »Verschwendest du immer noch deine Zeit mit Freshmen?«, neckte sie mich. »Dir ist schon klar, dass es viel größere, saftigere Fische zu fangen gibt als sie?«

»Ich habe auch ein paar Seniors mit zwei Elementen in petto«, sagte ich mit einem Achselzucken. »Das heißt aber nicht, dass ich nicht gelegentlich auch mal etwas anderes probieren möchte.«

Sie schubste mich, während ich den letzten Bissen meines Hotdogs nahm, und wir gingen die Treppe hinauf, wobei mein Blick wieder zu den Mädchen wanderte.

»Geh schon«, sagte Clara entnervt. »Ich möchte mit dir reden, wenn du einen klaren Kopf hast. Triff mich vor dem Stadion, wenn du fertig bist.« Sie eilte davon, und ich rollte meine Schultern zurück und nahm meine Beute ins Visier, während ich die Stufen hinunter auf die vier Mädchen zuschritt.

»Hi«, sagte eins von ihnen schüchtern, während ein anderes so dezent wie möglich die Brust herausstreckte.

Aber ich war nicht hier, um jemanden auf mein Zimmer einzuladen. Ich wollte nur eines. Und es sah so aus, als wüsste die Blondine mit den großen Lippen das genau.

Sie hob ein Handgelenk, wobei ihre Augen funkelten – aber ganz ehrlich, ich hätte es auch genommen, wenn sie es nicht angeboten hätte. »Du musst nach dem Spiel furchtbar durstig sein.«

»Absolut«, stimmte ich zu, packte ihren Arm und bohrte meine Reißzähne ohne einen Moment des Zögerns in ihr Handgelenk.

Heißes metallisches Blut rann über meine Zunge, und ich war sofort mit der Quelle ihrer Magie verbunden. Ich zog die Magie in meinen eigenen Körper, immer mehr, nahm alles auf, was ich brauchte, bis die Welt verblasste und die Kraft in mir wiederhergestellt war.

Als ich von allen getrunken hatte – denn warum zum Teufel auch nicht? –, ging ich nach draußen, um Clara zu suchen. Die hügelige Landschaft des Erd-Territoriums erstreckte sich in alle Richtungen und die Sommerbrise umschmeichelte mich wie eine Umarmung. Die Menge hatte sich vom Stadion aus zerstreut und ich hörte, wie im Orb eine Party begann. Ich hatte dem Alkohol abgeschworen, um in Form zu bleiben. Mein Traum war wichtiger als ein paar durchzechte Nächte, an die ich mich nicht erinnern würde. Und der heutige Abend sollte keine Ausnahme sein. Vor allem jetzt, wo ich so kurz davorstand, alles zu erreichen, wofür ich mir den Arsch aufgerissen hatte.

Meine Schwester saß auf einem Felsen, die Beine unter sich verschränkt, während sie mit ihrer Magie spielte und eine winzige Regenwolke vor sich erschuf, die sich dann auflöste.

Ihr Gesichtsausdruck war angespannt, ihre ebenholzfarbenen Augen waren in die Ferne gerichtet, und ich wusste tief in meiner Seele, dass etwas nicht stimmte.

Ich steckte die Hände in die Taschen und blieb vor ihr stehen.

»Was ist los?« Ich runzelte die Stirn.

»Nichts ist los.« Sie lächelte gezwungen. »Du weißt, dass die Celestia-Erben letzte Nacht erweckt wurden, oder?«

»Ja … und?« Ich zuckte mit den Schultern.

»Mom hat gesagt … Na ja, sie will, dass ich dich daran erinnere, auf Darius Acrux aufzupassen, das ist alles.«

Ich presste die Lippen aufeinander, während die Verärgerung in mir hochkochte. »Und sie hätte nicht selbst hier auftauchen können, um mir das zu sagen, was? Zumal es mein letztes Spiel der Saison war. Oder der Höhepunkt meines Lebens, der darüber entscheidet, ob ich nächste Woche die Chance bekomme, für die Solarische Pitball-Liga zu spielen oder nicht.«

Clara runzelte entschuldigend die Stirn. »Sie ist beschäftigt …«

»Verteidige sie nicht!«, sagte ich barsch, verärgert, dass sie es überhaupt versucht hatte. »Du verbringst seit deinem Abschluss zu viel Zeit mit ihr.«

»Sei nicht so!« Clara seufzte. »Du weißt nicht, womit Mom zu kämpfen hat.«

»Ach, und du schon?« Ich biss die Zähne zusammen, die Spannung in meinen Schultern wuchs. »Seit wann bist du überhaupt auf ihrer Seite, Clara?«

Sie blickte auf ihre Knie und zupfte an einem losen Faden an ihren Jeans. »Behalte Darius einfach im Auge, das ist alles, was ich sagen wollte.«

»Das tue ich immer«, grunzte ich und ballte meine Hände in den Taschen zu Fäusten. »Aber sie verlangt mehr als das. Ich bin nicht auf den Kopf gefallen. Sie will, dass ich ihrem kleinen Acrux-Familien-Fanclub beitrete. Aber ich bin nicht interessiert.«

Clara wandte den Blick ab, ihre sommersprossigen Wangen färbten sich rot. »All dieses Pitball-Zeug, das sind doch nur Träume, Lance.«

Mein Herz schrumpfte zusammen. Meine Schwester war mein ganzes Leben lang die Einzige gewesen, die auf meiner Seite gestanden hatte. Sie hatte nie gewollt, dass ich in die Fußstapfen meiner Familie trat. Und das hatte sie für sich selbst auch nie gewollt. Dass sich das jetzt geändert hatte, konnte nur eines bedeuten.

»Du arbeitest mit Mom zusammen«, knurrte ich. »Habe ich recht?« Mein Blut kochte, und meine Macht flackerte in meinen Handflächen.

Wie hatte sie Clara davon überzeugt, ihre Meinung über alles zu ändern, wofür wir unser ganzes Leben lang gekämpft hatten? Mom war die persönliche Beraterin der Acrux-Familie. Was im Grunde ein Code dafür war, dass sie dunkle Magie einsetzte, um sie bei Laune zu halten. Völlig illegal und verdammt zwielichtig. Wenn die anderen Ratsmitglieder jemals Wind davon bekämen, dass Lionel Acrux etwas damit zu tun hatte, würde es Ärger geben. Und jetzt hatten sie auch meine Schwester in diese fragwürdige Karriere verwickelt.

Clara antwortete nicht, und in meiner Brust baute sich eine Wut auf, wie ich sie noch nie erlebt hatte. Ich starrte sie an und versuchte, das eigensinnige Mädchen zu finden, das Träume jenseits des dunklen Doppellebens hatte, das unsere Familie führte.

»Wie hat sie dich rumgekriegt?«, fragte ich, als sie weiterhin schwieg.

»Sie ist nicht nur schlecht. Wir haben uns einige ihrer Lehren schließlich auch selbst zu eigen gemacht, Lance. Wir haben schon immer dunkle Magie praktiziert.« Den letzten Teil flüsterte sie, und ich konnte nicht anders, als einen Blick über meine Schulter zu werfen. Der Gedanke, dass jemand sie das sagen hören könnte, war erschreckend. Es war gesetzeswidrig, dunkle Magie zu praktizieren. Und wenn jemand mitbekäme, dass ich damit zu tun hatte, würde ich nie meine Chance bei der Liga bekommen.

»Pass auf, was du sagst!«, zischte ich, und mir lief es kalt den Rücken hinunter. Sofort wirkte ich eine Stillekuppel um uns herum, für den Fall, dass jemand nahe genug war, um uns zu hören. Als Vampire konnten wir beide neunundneunzig Prozent der Formgebungen hören, die sich in unserer Nähe aufhielten, aber das bedeutete nicht, dass es nicht möglich war, sich an uns heranzuschleichen.

»Niemand hört zu«, beharrte sie. Sie zupfte an ihren Ärmeln, um sicherzustellen, dass sie fest über ihren Handgelenken saßen. Ich runzelte die Stirn, bemerkte die Bewegung und zog ihren Ärmel zurück, bevor sie mich aufhalten konnte. Ein schmaler Schnitt säumte ihr Handgelenk – und Wut durchzuckte mich.

»Warum hast du das nicht geheilt?«, knurrte ich.

»Ich habe keine Kraft mehr«, hauchte sie, zog ihren Arm weg und drückte ihn an sich. »Ich habe vor dem Spiel im Auto ein paar Blutzauber durchgeführt. Kein Grund zur Aufregung.«

»Bist du verrückt?«, zischte ich, packte ihren Arm wieder und setzte eine Welle heilender Magie frei, um jede Spur des belastenden Schnitts zu beseitigen. »Wie lange hast du das gemacht, um dich völlig zu erschöpfen?«

Sie zuckte mit den Schultern und schürzte die Lippen.

»Clara«, flüsterte ich, die Angst fraß mich auf. »Du kannst diese Zauber nicht so oft benutzen. Dad hat immer gesagt …«

»Ich komme schon klar«, beharrte sie und verdrehte die Augen. »Hör auf, überzureagieren!«

»Das tue ich nicht«, sagte ich mit zusammengebissenen Zähnen. Wie konnte sie so sorglos mit etwas so Verhängnisvollem umgehen?

»Ich bin nur gekommen, um dir zu sagen, dass nach deinem Abschluss ein Job auf dich wartet. Versuch es bei der Liga, aber wenn du scheiterst …«

»Ich werde nicht scheitern«, knurrte ich, und meine Muskeln spannten sich an, als ich den Zweifel in ihrer Stimme hörte. Wie konnte sie so etwas sagen? Sie hatte mich immer unterstützt. Allein die Tatsache, dass sie so kurz vor meinem Probetraining darüber sprach, dass ich es nicht schaffen würde, verursachte mir einen schmerzhaften Kloß im Hals. »Wir sind nicht wie sie«, drängte ich und versuchte mein Bestes, nicht zu schreien. Ich wollte keinen Streit mit meiner Schwester. Und ihr Gesichtsausdruck verriet mir, dass sie sich wegen all dem höllisch schuldig fühlte.

Clara wich meinem Blick weiterhin aus. »Ich bin es.« Schließlich sah sie mich wieder an, ihre Augen plötzlich hart wie Stein. »Und das werde ich den Acruxes heute Abend auch beweisen.« Sie rutschte vom Felsen und kam auf mich zu, obwohl ich mich noch nie so weit von ihr entfernt gefühlt hatte. Sie schlang ihre Arme um mich, aber ich blieb starr, als sie sich auf Zehenspitzen stellte, um mir ins Ohr zu flüstern. »Akzeptiere, wer du bist, Lance. Es fühlt sich besser an, als du es dir je vorstellen kannst.«

Sie eilte zum Parkplatz davon, und ich starrte ihr wütend hinterher.

Was auch immer meine Mutter getan hatte, um sie von ihren abgefuckten Wegen zu überzeugen, es musste etwas Großes gewesen sein. Denn die Clara, die ich kannte, hätte sich ihr nie kampflos angeschlossen. Und ich würde verdammt noch mal herausfinden, was passiert war.

Gemini
Scorpio
Virgo
Cancer
Aries
Leo
Sagittarius
Taurus
Capricorn
Aquarius
Libra
Pisces

DARIUS

KAPITEL 3

Ich verbrachte meinen ersten Schnuppertag an der Zodiac Academy damit, am Unterricht der Freshmen teilzunehmen, bevor ich miterlebte, wie die Schule den Pitball-Cup in einem Spiel gewann, das als eine der größten Leistungen in die Geschichte der Schulliga eingehen sollte.

Lance hatte sich selbst übertroffen – und ich hatte keinen Zweifel daran, dass ihm ein Vertrag als Profispieler angeboten werden würde, sobald er die Probetrainings nächste Woche absolviert hatte. Ich wartete im Gemeinschaftsraum von Haus Aer auf ihn, wo ich eine kleine Pitball-Fahne zwischen meinen Fingern drehte, während die Minuten verstrichen.

Es waren nicht viele Leute in der Nähe; die meisten Studenten waren bereits zum Orb gegangen, um die riesige Party dort zu besuchen. Aber ich konnte das Gelände nicht ohne meinen zugewiesenen Studentenbetreuer erkunden, da ich selbst kein offizieller Student war. Und obwohl ich versucht war, die Grenzen von Rektorin Nova auszutesten, wenn es um die anderen Erben und mich ging, war ich mir sicher, dass es nicht der klügste Schachzug war, dies an meinem allerersten Abend hier zu tun.

Außerdem hatte ich Lance schon viel zu lange nicht mehr gesehen. Unsere Familien waren miteinander verbandelt und die Orions lebten auf einem Anwesen nicht weit von unserem entfernt. Seine Mutter arbeitete eng mit meinem Vater zusammen, und wir hatten im Laufe der Jahre mehr Abende und Wochenenden mit seiner Familie verbracht, als ich zählen konnte.

Wir standen uns schon immer nahe, waren aufgrund des Altersunterschieds mehr Brüder denn Freunde. Ich hatte seine Anwesenheit vermisst, während er an der Zodiac Academy studiert hatte, und wusste, dass die Distanz zwischen uns nur noch größer werden würde, wenn er erst einmal einem großen Pitball-Team beigetreten war. Aber wir teilten eine Freundschaft, die eine Trennung überdauern konnte. Egal, wie lange wir voneinander getrennt waren, wir fielen immer direkt in unsere Vertrautheit zurück, als wäre keine Zeit vergangen, sobald wir uns wiedervereinigt hatten.

Es war offensichtlich, dass mein Vater bei der Auswahl von Lance als meinem Mentor eine Rolle gespielt hatte, aber ausnahmsweise störte mich seine Einmischung nicht. Die Acrux-Familie war immer auf die eine oder andere Weise mit der Orion-Familie verflochten gewesen, und trotz der seltsamen Gerüchte, die über unsere Verbindungen kursierten, wusste ich, dass das, was ich mit Lance teilte, nichts anderes als eine solide Freundschaft war. Eine Freundschaft, die bedeutete, dass er nicht vergessen würde, dass ich auf ihn wartete – es sei denn, er hatte einen verdammt guten Grund dafür.

Die Tür zum Gemeinschaftsraum flog auf, als jemand einen Windstoß mit weitaus mehr Kraft als nötig hineinschickte, und ich beugte mich auf meinem Stuhl vor, gerade als Lance in den Raum stürmte.

»Du siehst nicht aus wie jemand, der gerade das Spiel seines Lebens gewonnen hat«, kommentierte ich, während ich mich aufrichtete und die kleine Flagge auf den Couchtisch fallen ließ.

Lance' finsterer Blick fiel für einen Moment auf mich, und ich hob eine Augenbraue. Er fuhr mit der Hand über sein Gesicht und schüttelte den Kopf, während er versuchte, die saure Miene aus seinem Gesicht zu verbannen.

»Sorry, Darius. Ich hätte dich nicht warten lassen sollen …«

»Kein Problem, Alter. Was ist los?«, fragte ich, während ich auf ihn zuging. Ich würde nicht um den heißen Brei herumreden. Ich wusste, dass ihn etwas beschäftigte, und er wusste, dass er mir alles erzählen konnte.

»Es geht um Clara«, sagte er mit zusammengebissenen Zähnen. »Sie arbeitet mit meiner Mutter zusammen.«

Ich atmete tief aus. Xavier und ich hatten oft mit Lance und Clara zusammengesessen und uns Leben vorgestellt, die wir führen könnten, wenn wir nicht durch Familie und Pflicht gebunden wären, bestimmten Pfaden zu folgen. Die Träume der beiden hatten eine etwas größere Chance, Wirklichkeit zu werden, als die meines Bruders und meine, aber wir hatten immer tief im Inneren gewusst, dass es unwahrscheinlich war, dass einer von uns wirklich von der Familientradition abweichen würde. Wenn Lance es wirklich in die Pitball-Liga schaffen würde, dann hatte ich vor, meine Träume indirekt durch ihn zu leben. Mein eigener Weg war in Stein gemeißelt, in Stahl gegossen und an den Kern der Erde gekettet. Unverrückbar. Unveränderlich. Unabweisbar. Aber für die Orions bestand eine geringe Chance auf Hoffnung.

»Das war immer das wahrscheinlichste Szenario für sie. Sie hat die Academy vor einem Jahr verlassen und nichts anderes gefunden«, argumentierte ich. »Und du weißt, wie Tante Stella ist, wenn sie etwas will.« Ich nannte seine Mutter seit jeher meine Tante, obwohl wir nicht verwandt waren, und er tat das Gleiche mit meiner Mutter.

Lance knurrte wütend, ließ sich auf einen Stuhl neben dem Feuer fallen und stützte den Kopf in die Hände. »Ich weiß«, zischte er. »Aber für einen Moment habe ich mir erlaubt, zu glauben, dass wir vielleicht … anders sein könnten. Dass wir etwas Eigenes haben könnten, nur einmal.«

»*Du* hast immer noch diese Chance«, wies ich ihn darauf hin.

Lance nickte, aber er wirkte alles andere als enthusiastisch. Clara war das einzige Familienmitglied, das er wirklich liebte, und ich wusste, dass er alles tun würde, um sie vor sich selbst zu retten.

»Sie hat heute Abend irgendetwas mit deiner Familie vor«, murmelte er. »Ich weiß nicht, was, aber ich weiß, dass es nichts Gutes ist.«

»Dann lass es uns herausfinden«, erwiderte ich energisch.

Lance sah zu mir auf, und in seinen Augen blitzte ein Funken Hoffnung auf. »Wirklich?«

»Warum zum Teufel nicht?«, antwortete ich grinsend. »Weißt du, wo sie jetzt ist?«

»Sie wollte heute Abend in der Stadt bleiben. Ich kann herausfinden, ob sie noch im Hotel ist oder nicht.«

»Tu das. Wenn sie noch nicht weg ist, gehen wir hin und folgen ihr, wenn sie geht.«

Lance' Miene verfinsterte sich. »Das klingt ja alles ganz großartig, aber Clara ist eine hoch ausgebildete Fae und ein Vampir. Sie wird es wissen, wenn wir in ihre Nähe kommen. Und wenn wir ausreichend Distanz wahren, um nicht entdeckt zu werden, verlieren wir sie höchstwahrscheinlich aus den Augen.«

»Pah«, sagte ich abweisend und blähte grinsend die Brust auf. »Was glaubst du, mit wem du hier sprichst, Lance? Ich bin ein verdammter Drache. Ich kann ihr vom Himmel aus folgen. Die Wolken sind dicht, sie wird nicht die geringste Chance haben, mich zu entdecken. Und sie wird keine Aufspürzauber in dreißig Meter Höhe wirken.«

»Und was soll ich tun, während du deine Luftüberwachung aufrechterhältst?«, fragte Lance gereizt.

Mein Grinsen wurde breiter, als mir klar wurde, dass ich meine eigene kleine Rebellion gegen meinen Vater starten konnte, während ich Lance half, sich gegen seine Mutter zu stellen.

»Bist du schon einmal auf einem Drachen geritten?«, fragte ich und hob herausfordernd die Augenbrauen.

»Aber …« Lance biss sich auf die Zunge, um die Einwände zu unterdrücken, die er sicherlich hatte vorbringen wollen.

Es verstieß gegen die Regeln der Drachengilde – ein uralter Satz von Richtlinien, die vor Hunderten von Jahren von Mitgliedern meiner Formgebung aufgestellt worden waren. Drachen waren edle Geschöpfe, die sich niemals dazu herablassen sollten, Passagiere zu befördern oder Waren zu transportieren. Aber die Regeln der Gilde waren nicht gesetzlich verankert. Niemand konnte mich davon abhalten, die Tradition zu missachten. Die einzige Person, die es versuchen würde, wäre mein Vater. Und er würde mich wahrscheinlich windelweich schlagen, wenn er von meinem Vorschlag wüsste – ganz zu schweigen davon, was er tun würde, wenn ich Lance tatsächlich mitnähme. Aber das war mir egal. Ich hatte es satt, nach seinen Regeln zu leben und seine Agenda zu befolgen. Meine Kräfte waren erwacht, und ich wollte selbst entscheiden, was für ein Mann ich sein wollte, und nicht einfach blind dem Weg folgen, den mein Vater mir vorgegeben hatte. Also ja, vielleicht war es ein bisschen kindisch, aber das war mir egal. Ich hatte zu lange nach seinen Regeln und Vorgaben gehandelt. Und heute Abend würde ich zumindest diesen einen Aspekt ignorieren.

»Wenn du auf mir reitest, kannst du eine Stillekuppel um uns herum erzeugen, sodass sie uns nicht hören kann, wenn wir uns an sie heranschleichen. Komm schon!«, drängte ich grinsend, als ich auf die Treppe zuging, die zum Dach des Aer-Turms führte.

Lance ließ sich nicht zweimal bitten und folgte mir schnellen Schrittes die Treppe hinauf. Er rief kurz in Claras Hotel an, um zu überprüfen, ob sie noch nicht ausgegangen war, und als er mir bestätigte, dass sie sich nach wie vor dort aufhielt, strömte Adrenalin durch meine Adern.

Wir würden das wirklich durchziehen. Und das fühlte sich verdammt gut an.

Der Wind peitschte um uns herum, als wir das Dach erreichten, und ich zog mein Shirt über den Kopf, während ich den Teil meiner Seele streichelte, der sich danach sehnte, zu fliegen und Feuer zu speien. Als Nächstes streifte ich meine Stiefel ab und öffnete meine Jeans.

»Nimm meine Klamotten mit«, bat ich, während ich sie Lance in die Arme warf. »Sonst wirst du meinen nackten Hintern bestaunen müssen, wenn ich mich zurückverwandeln muss, bevor wir zurückkehren.«

»Ungern«, stimmte er mit einer Grimasse zu, und ich rollte mit den Augen.

»Und versuche, meine Flügel nicht zu berühren, wenn du auf mich kletterst«, fügte ich hinzu.

»Sind sie zerbrechlich?«, fragte er überrascht.

»Nein. Kitzlig«, gab ich zu.

Lance stieß ein belustigtes Schnauben aus, und ich ließ meine Boxershorts fallen, während ich den Drachen in mir beschwor.

Meine Sicht verdunkelte sich für einen Moment, dann wurde sie plötzlich sehr scharf, als die Verwandlung einsetzte. In meiner Drachenform sah ich im Dunkeln so viel besser als in meiner Fae-Gestalt.

Ich fiel nach vorn, aber bevor meine Hände den kalten Stein des Daches berühren konnten, sprossen Krallen aus meinen Fingern und goldene Schuppen bedeckten jeden Zentimeter meines Körpers.

Ich kämpfte gegen den Drang an, ein animalisches Brüllen

loszulassen, während ich mich mehr als vervierfachte und sich riesige goldene Flügel von meinem Rücken entfalteten.

Lance war gezwungen, einen Satz zur Seite zu machen, und mein Kopf schnellte herum, als die bestialische Seite meiner Art gegen meinen Willen nach ihm schlug, weil er mir zu nahe gekommen war. Ein Knurren entfuhr meinen Lippen und ein Rauchwölkchen stieg aus meinen Nasenlöchern auf, während ich gegen den Wunsch ankämpfte, ihn zu beißen. Ein Biss von mir in dieser Form wäre tödlich.

Ich blinzelte ein paar Mal, um mich an meine Drachenform zu gewöhnen, während die Welt in Düften und Farben zum Leben erwachte, die ich normalerweise nicht wahrnehmen konnte.

Als ich sicher war, dass ich die vollständige Kontrolle über meinen Drachen hatte, senkte ich den Kopf, legte die Flügel an und kniete mich hin, damit Lance auf mich klettern konnte.

»Das ist doch verrückt«, raunte er, aber ich konnte die unterschwellige Aufregung in seiner Stimme hören, als er näher trat.

Er hatte recht. Es war verrückt. Die Regeln der Drachengilde waren zwar keine wirklichen Gesetze, aber ich war mir sicher, dass kein Drache, den ich je getroffen hatte, jemals gegen sie verstoßen hatte. Sie waren heilig. Unbestritten. Unantastbar. Und ich war dabei, die wichtigste Regel von allen zu brechen.

Lance streckte die Hand aus und drückte sie auf die goldenen Schuppen an meiner Flanke, während er einen Moment zögerte und mich ansah, um herauszufinden, ob ich es mir anders überlegt hatte.

Als ich mich nicht zurückzog, streckte er die Hand aus, um einen der Stacheln zu greifen, die meinen Rücken säumten.

Unwillkürlich zuckte ich mit dem Flügel, und Lance fluchte, als er von mir wegsprang und auf den Hintern fiel.

Wäre ich in meiner Fae-Gestalt gewesen, hätte ich mich vor Lachen eingepisst, aber als Drache konnte ich meine Belustigung nur durch eine Serie von prustenden Lauten ausdrücken, die fast wie ein Lachen klangen. Lance verstand mich jedoch sehr gut und beschimpfte mich, während er mit Vampirgeschwindigkeit auf meinen Rücken sprang, bevor ich den Trick wiederholen konnte.

Er drückte seine Knie in meine Seiten, und ich spürte, wie er den Stachel an meinem Hals umklammerte, während ich meine Flügel ausstreckte und den Wind testete, um mich auf den Start vorzubereiten. Lance' Gewicht auf meinem Rücken würde meine üblichen Bewegungen ein wenig beeinträchtigen, aber ich bezweifelte, dass es zu schwierig sein würde, mich darauf einzustellen.

»Hüa, Pony!«, neckte mich Lance, als ich zögerte.

Oh, das wirst du bereuen.

Ich sprang mit einem Ruck nach vorn, legte meine Flügel eng an und stürzte mich direkt vom Turm.

Lance' Griff wurde fester, aber ich öffnete meine Flügel nicht, als wir im freien Fall auf den Boden zustürzten. Einen Moment, bevor ich meine Flügel ausklappte, entfuhr ihm ein Schrei. Meine Krallen streiften das Gras, dann schlug ich kräftig mit den Flügeln und schoss wieder in Richtung Wolken.

Lance lachte erleichtert auf, als wir durch den Himmel schossen, und ich konnte nicht anders, als den Flug ebenfalls zu genießen. Sein Gewicht war etwas seltsam, aber das machte für mich eigentlich keinen Unterschied. Ich war mehr als stark genug, um ihn in dieser Form zu tragen, und es fühlte sich gut an, einem Außenstehenden zu zeigen, wozu ich fähig war. Vor allem, weil ich wusste, wie sehr es meinen Vater verärgern würde.

In weniger als zehn Minuten erreichten wir die Stadt außerhalb des Campusgeländes, und meine Haut kribbelte, als Lance eine Stillekuppel um uns herum errichtete und, wie ich vermutete, auch ein paar Verhüllungszauber wirkte. Tucana lag keine zehn Kilometer nördlich von hier, und das Hotel, in dem Clara untergebracht war, befand sich am Stadtrand. Als wir dort ankamen, begann ich, es zu umkreisen, und schon bald entdeckte ich mit meinem geschärften Sehvermögen, wie sie das Hotel verließ.

Lance schien sie ebenfalls gesehen zu haben, denn ich konnte spüren, wie er sich vorbeugte und über meine Schulter spähte, während ich lautlos über sie hinwegflog.

Clara wählte einen Weg in den Wald, und ich flog ein Stück weiter, um herauszufinden, wohin er führte. Auf der Anhöhe eines Hügels stand eine alte Scheune, das einzige Gebäude auf dem Weg – und mit ziemlicher Sicherheit Claras Ziel.

Ich flog eine scharfe Kurve und legte meine Flügel an, um auf einer Lichtung direkt hinter der Scheune zu landen. Wir hatten nicht viel Zeit, schließlich nutzte Clara ihre Vampirfähigkeiten, um den Weg hinaufzuschießen, und mit ihrer erhöhten Geschwindigkeit würde sie die Scheune in kürzester Zeit erreichen. Wir mussten uns in einer Position befinden, in der wir sie ausspähen konnten, bevor sie ankam, sonst würde sie uns wahrscheinlich kommen hören.

Ich landete so leise, wie es ein zwei Tonnen schweres Reptil eben konnte – nicht, dass es in der Stillekuppel eine Rolle gespielt hätte –, und Lance glitt von meinem Rücken, bevor ich mich wieder in meine Fae-Gestalt zurückverwandelte.

»Heilige Scheiße, Darius, das war … Mir fehlen die Worte«, gab er zu.

»Ich weiß.« Ich grinste, als er mir meine Klamotten zuwarf, und beeilte mich, sie anzuziehen.

»Jetzt bin ich an der Reihe, dich zu tragen.« Er grinste, packte meinen Arm und warf mich mit unmenschlicher Kraft über seine Schulter, während er mit der Geschwindigkeit seines Vampirs den Hügel hinaufschoss.

Er wurde erst langsamer, als wir die Bäume erreichten, die die Scheune umgaben, und Lance setzte mich ab, bevor Clara auftauchte. Offenbar war er schneller als sie, und das entlockte mir ein Lächeln. Zusammen waren wir ein unschlagbares Team.

»Noch eine Minute länger und ich hätte dich abgeschrieben.« Mein Herz setzte beim Klang dieser Stimme einen Moment aus, und ich legte meine Hand auf Lance' Handgelenk, als dieser sich mit großen Augen zu mir umdrehte.

»Du weißt, dass ich das um nichts in der Welt verpassen würde«, flüsterte Clara, während sie sich dem heruntergekommenen Gebäude näherte.

Mein Vater trat aus den Schatten, während ich weiter in ihnen versank. Lance' Hände bewegten sich schnell, um Zauber zu wirken, die uns verstecken sollten. Wenn Clara mit ihm zu tun hatte, sollte ich nicht in der Nähe sein. Wenn er nicht wollte, dass ich davon erfuhr, sollte ich das auch nicht tun. Warum also verschwand ich nicht einfach?

Vater lächelte Clara an, als sie näher auf ihn zuging, und er streckte die Hand aus, um seinen Kragen aufzuknöpfen. Die Wolken teilten sich, sodass das Mondlicht auf die beiden herabschien und von ihren Reißzähnen reflektiert wurde, die sich verlängerten.

Ich öffnete verwirrt den Mund, als er den Kopf zur Seite neigte, sodass sie Zugang zu seiner Kehle hatte.

Mein Kopf drehte sich. Dies war der Mann, der stets predigte, wie wichtig es sei, in allen Dingen überlegen zu sein. Der sich davor scheute, auch nur von einer Sirene berührt zu werden, geschweige denn einen Vampir an seinen Hals zu lassen.

Clara zögerte nicht. Sie streckte eine Hand aus, um seine Wange zu berühren, stellte sich auf die Zehenspitzen und legte ihren Mund an seine Kehle.

Die Hände meines Vaters sanken auf ihre Taille, als ihre Zähne seine

Haut durchbohrten, und mir entging sein schwaches Lächeln nicht, als sie von ihm trank. Lance versteifte sich neben mir, offensichtlich genauso schockiert wie ich.

Was zum Teufel war hier los? Sie war jung genug, um seine Tochter zu sein, und bei Weitem nicht mächtig genug, um ihn zu überwältigen und sein Blut zu fordern.

Schließlich zog sich Clara zurück, und Vater strich – fast schon liebevoll – mit den Fingern durch ihre Haare. Wenn er zu liebevoll überhaupt fähig wäre. Dann streckte er die Hand aus und heilte die Wunde an seinem Hals mit einem grünen Heilzauber.

»Besser?«, fragte er leise.

»Ja«, antwortete Clara begeistert. »Du weißt, wie viel mir das bedeutet.«

»Und du weißt, wie viel Freude es mir bereitet, deine Bedürfnisse zu befriedigen«, antwortete er. »Deine Mutter hat mir erzählt, dass du eine Entscheidung bezüglich unseres Angebots getroffen hast?«

Clara nickte, aber ich konnte den Ausdruck von Unbehagen in ihrem Gesicht erkennen, der sich mit der bereits vorhandenen Bewunderung vermischte.

Die Stimme meines Vaters wurde leiser, als er sich ihr näherte, aber ich konnte gerade noch die Worte verstehen, die er sprach. »Dann wärst du vielleicht bereit, mir einen Gefallen zu tun?«

»Natürlich«, hauchte Clara.

Vater sah sich um, und Lance und ich zogen uns instinktiv in die Bäume zurück, als er sie in die Scheune zog. Ich warf einen Blick auf Lance und fragte ihn stumm, ob er noch etwas von dem Gespräch mitbekommen konnte, aber er schüttelte frustriert den Kopf.

Das leise Geräusch von aufeinander reibenden Steinen drang zu mir durch, aber bevor ich Lance fragen konnte, ob er das auch gehört hatte, schoss er von mir weg.

Ich fluchte leise, als ich ihm vorsichtig in die Scheune folgte.

»Sie sind weg«, knurrte Lance aus der Dunkelheit, und ich rief meinen inneren Drachen herbei, um meine Sehkraft zu schärfen.

Ich entdeckte ihn im Schatten neben einer Steintür, die in einen alten Keller oder vielleicht einen Tunnel zu führen schien.

»Sind sie da runtergegangen?«, fragte ich und näherte mich ihm.

»Ja. Sie ist mit der Magie deines Vaters versiegelt. Unmöglich, sie zu durchbrechen.«

Bei seinen Worten lief mir ein Schauer über den Rücken, und mein Unterkiefer zuckte. Was auch immer Vater mit Clara vorhatte, es sah nicht so aus, als würden wir heute Abend die Wahrheit darüber erfahren. Aber die Frage blieb: Warum zum Teufel wollte er sie so unbedingt, dass er gegen alles verstieß, wofür er stand, und ihr im Gegenzug sein Blut anbot? Das ergab einfach keinen Sinn. Aber Lance' Blick nach zu urteilen, war ich mir ziemlich sicher, dass wir nicht aufhören würden, zu graben, bis wir es herausgefunden hatten.

Scorpio
Gemini
Virgo
Aries
Cancer
Leo
Sagittarius
Taurus
Capricorn
Aquarius
Libra
Pisces

ORION

KAPITEL 4

Etwas hatte sich in die Seele meiner Schwester gebohrt und sie verdorben. Alles, wofür sie stand, war ihr genommen worden, und ich vermutete, dass Macht die Ursache dafür war. Es war nicht ungewöhnlich, dass Fae für Macht zu Hannibal Lecter wurden. Es lag uns im Blut, in unseren Genen. Wir waren dafür geschaffen, uns an die Spitze der Nahrungskette zu kämpfen und auf dem Weg dorthin zu zerreißen, zu zerfetzen, zu zerstückeln und zu zerstören. Selbst der einfallsloseste unserer Art trug dieses tief sitzende Verlangen in seinem Herzen. Und meine Schwester war diesem Verlangen so sehr erlegen, dass sie ihre Moralvorstellungen aufgab. Dunkle Magie konnte süchtig machen. Ich hatte das stets gefürchtet – und nun bot er ihr eine der verlockendsten magischen Quellen Solarias an. Aber was verlangte er dafür?

Ich konnte ihn damit nicht einfach davonkommen lassen. Ich war ihr Bruder. Ihr Fels in der Brandung. Und ich würde nicht zulassen, dass sie der falschen Freundlichkeit und Großzügigkeit *Onkel* Lionels zum Opfer fiel. Darius' Vater spendete einem Vampir nicht aus philanthropischen Gründen Blut. Tatsächlich würde der Typ – nach dem, was Darius mir außerhalb seiner falschen Höflichkeiten über ihn erzählt hatte – nicht einmal einer Maus einen Krümel geben, geschweige denn einem anderen Fae Macht.

Ich rollte mich von meinem Bett im Aer-Turm und trat vorsichtig über Darius hinweg, der auf dem Boden schlief, während ich mich zu meinem Schrank bewegte. Der Wind rüttelte an den Fensterläden über dem großen vertikalen Fenster in meinem Zimmer. Der Sonnensturm drohte sogar die Riegel zu brechen.

Ich riss den Schrank auf, holte die Holzkiste, die unter einem Stapel Blazer versteckt war, heraus und stellte sie auf meinen Schreibtisch. Ich spürte die Energie in meinem Blut pulsieren, als ich sie öffnete und ein Bündel Pitball-Sammelkarten zum Vorschein kam. Ich ignorierte sie, schloss das Geheimfach am Boden auf und holte die vier verzierten Knochen heraus, die dort versteckt waren. In jeden war das Symbol eines Elements geritzt und die Energie darin knisterte erwartungsvoll. Meine eigenen Elemente Luft und Wasser verflochten sich in meinen Adern und erwachten bei der Aussicht auf Magie zum Leben.

Ich steckte die Knochen zusammen mit einem Klappmesser aus meiner Schreibtischschublade in die Tasche und trat Darius dann gegen das Bein, um ihn aufzuwecken. Er grunzte wütend, und ich grinste, als er sich mit zusammengekniffenen Augen aufsetzte.

Ich hatte Darius Acrux nie bemitleidet, aber ich war oft in seinem Namen wütend geworden. Der Typ musste mehr Scheiße von seinen Eltern ertragen als die meisten Kinder dieser Academy zusammen. Und das regelmäßig.

Zumindest hatte mein Vater mich mit Respekt und Freundlichkeit behandelt, bis er sich selbst umgebracht hatte. Dunkle Magie war unberechenbar. Ein einziger Fehler konnte einem alles nehmen. Aber bevor er vor sechs Jahren gestorben war, hatte er mir ein solides Fundament gegeben, auf dem ich meinen moralischen Kompass hatte aufbauen können. Die Welt war nicht schwarz und weiß. Sie war nicht einmal ein Flickenteppich aus Grautönen. Sie war eine Ansammlung von Regenbögen. Der netteste Fae der Welt konnte sich plötzlich umdrehen und einem in den Rücken fallen. Und der grausamste könnte einem Fremden gelegentlich eine helfende Hand reichen.

Deshalb beunruhigte es mich nicht, dunkle Magie zu wirken. Sicher, ich tat es heimlich. Ich wusste, dass es per Gesetz eine schwere Straftat war. Aber es lag mir im Blut. Mein Vater hatte mich diese Kunst gelehrt, und obwohl sie letztendlich zu seinem Tod geführt hatte, wollte ich diesen Teil von mir nicht aufgeben. Selbst wenn es bedeutete, den Fesseln meiner Familie nie ganz zu entkommen.

Meine Mutter war diejenige, die versuchte, über mein Schicksal zu entscheiden. Solange ich denken konnte, hatten wir Orions eine unerschütterliche Beziehung zu den Acruxes gepflegt, die auf dem Austausch von Ressourcen beruhte. *Unsere* Ressourcen bestanden aus unseren dunklen Fähigkeiten, ihre aus Drachenfeuer und schierer Kraft.

»Ich muss herausfinden, was meine Schwester vorhat, Darius.« Ich verschränkte die Arme vor der Brust, meine Züge waren angespannt und meine Schultern hingen nach unten. »Ich würde alles tun, um sie zu beschützen. Sogar das hier.« Ich holte die Knochen aus meiner Tasche, und er betrachtete sie neugierig, gefolgt von aufkeimendem Verständnis.

»Dunkle Magie?«, fragte er, und ein unheilvolles Funkeln trat in seine Augen.

Ich grinste verschwörerisch, denn der Gedanke, nach so langer Zeit wieder damit anzufangen, erfüllte mich mit einem Gefühl der Macht.

Im vergangenen Jahr hatte ich auf die Anwendung von Blutmagie verzichtet. Sie machte süchtig und war ausgesprochen gefährlich. Sollte ich erwischt werden, würde ich nicht nur meine Chancen auf einen Platz in einem Team der Solarischen Pitball-Liga verspielen, sondern auch in Darkmore landen. Im besten Fall würde ich zu lebenslanger Haft verurteilt werden, im schlimmsten Fall hingerichtet werden. Allerdings würden die Acruxes das wahrscheinlich vertuschen, bevor es überhaupt so weit kommen könnte. Aber bisher war es das Risiko nicht wert gewesen, meinen Namen zu beflecken.

Es kursierten bereits Gerüchte über meine Familie, aber aufgrund unserer untrennbaren Verbindung zu den Acruxes wagte es niemand, uns direkt zu beschuldigen. Jetzt, da meine Schwester zweifellos in Schwierigkeiten steckte, brauchte ich die Hilfe der Blutmagie, um Antworten zu finden. Illegal oder nicht.

Das bedeutete jedoch auch, das Undenkbare zu tun: niemand Geringeren als Darius Acrux, den Sohn des Drachenkommandanten von Solaria, einen der Celestia-Erben, dazu zu bringen, sie mit mir zu wirken. Lord Lionel Acrux mochte meine Familie beschützt, unseren Namen mehr als einmal reingewaschen und uns die Vorteile des Celestia-Rates angeboten haben, aber er würde selbst niemals etwas mit dunkler Magie zu tun haben wollen, es sei denn, es wäre absolut notwendig. Wenn er gewusst hätte, dass ich im Begriff war, sein goldenes Kind zu kompromittieren, hätte er mich selbst den Behörden übergeben. Das Einzige, was ihm wichtiger war als alles andere, war Macht. Und dafür zu sorgen, dass sein Erstgeborener seinen Hintern auf den Thron schwang, war für ihn nicht nur ein Wunsch, sondern eine Notwendigkeit.

Ich nickte langsam, während Darius mich musterte. Ich sah, wie seine momentane Zurückhaltung dem Aufbegehren wich, durch das wir uns seit jeher verbunden fühlten. Das Einzige, was mich daran störte, dass wir uns so gut verstanden, war die Tatsache, dass meine Mutter und sein Vater genau das von uns wollten. Aber ich würde mich seiner Gesellschaft nicht aus Trotz entziehen. Und außerdem würden sie nie auf die Idee kommen, dass unsere Freundschaft nun dazu führte, dass wir uns gegen sie verschworen und ich Darius die begehrten Geheimnisse meiner Familie beibrachte.

»Wie funktioniert das?«, fragte Darius, der sich nur mit Boxershorts bekleidet erhob. Er war erst vierzehn und hätte keine Schultern dieser Größe haben dürfen. Ich nahm mir vor, den Trainer auf ihn aufmerksam zu machen, sobald er die Academy besuchte.

»Nicht hier. Zieh dich an.« Ich nickte in Richtung Badezimmer, und Darius holte ein paar Kleidungsstücke aus seiner Reisetasche, bevor er ins angrenzende Badezimmer ging.

Es war kurz vor acht Uhr und für mich kam es einem Wunder gleich, so früh aufzustehen. Das Einzige, zu dem ich nie zu spät kam, war das Pitball-Training. Meine Mutter hatte immer gesagt, dass meine innere Uhr nachging, aber ich führte es darauf zurück, dass ich nur zu Dingen erschien, die mir wichtig waren. Und sollte meine Schwester tatsächlich in die Fänge ihrer scharfen und manipulativen Krallen geraten sein, würde ich definitiv pünktlich erscheinen, um ihren Arsch zu retten.

Fünfzehn Minuten später verließen Darius und ich mein Zimmer und begaben uns in die belebten Korridore des Aer-Turms.

»Tolles Spiel gestern, Orion!«, riefen mir einige meiner Kommilitonen zu. Oder auch: »Team Zodiac ist der Hammer!«, »Bestes Spiel aller Zeiten!«, »Ich wette, wir werden bald lesen, dass du der Liga beigetreten bist, Bro!«

Ich ignorierte sie größtenteils und nickte nur steif, während meine Gedanken bei den Knochen in meiner Tasche und dem Celestia-Erben neben mir waren, den ich gleich in eine Welt abartiger Scheiße einführen würde.

Ich muss an Clara denken. Und außerdem hat er seinen eigenen Kopf. Er würde Nein sagen, wenn er nicht mitmachen wollte.

Wir begaben uns in den tobenden Sturm hinaus, und das ächzende, peitschende Geräusch der riesigen Turbine hoch oben auf dem Turm dröhnte in meinen Ohren. Die weite Ebene vor uns, die zum Rand der östlichen Klippe führte, wurde von peitschenden Regenböen heimgesucht. Der tosende Wind, der den Regenguss in wirbelnden Mustern über das Gelände lenkte, füllte die Luft mit Leben. Es waren nicht viele Studenten draußen, aber ein paar standen auf der Klippe und lenkten die Luft mit ihrer Magie, während ihr Jubel und ihre Anfeuerungsrufe sich dem tosenden Sturm anschlossen.

Ich stieß Magie von meiner Haut aus, und mein stärkstes Element, das der Luft, drängte den tobenden Sturm zurück, bis wir uns in einer Oase der Ruhe befanden. Darius bewunderte meine Arbeit mit hochgezogenen Augenbrauen, und wir gingen weiter, folgten dem Rand der Klippe, während ich ihn zu jenem geheimen Ort führte, den ich seit vielen Monaten nicht mehr besucht hatte.

An der scharfen Biegung der Klippe waren steile Stufen in den kalkhaltigen Boden gehauen, die bis zum weit unten liegenden Strand führten. Die Wellen waren gnadenlos, schlugen gegen die Klippen und explodierten gegen die undurchdringlichen Felsbrocken, die im aufgewühlten Ozean standen. Für mich war das Chaos schöner als die Ruhe. Die gewaltige Kraft des Meeres war etwas, das niemand zähmen konnte – Fae oder andere Wesen.

Wir erreichten den Strand, und ich führte Darius dicht an der Felswand entlang, während der Weg immer schmaler wurde. Ich erhöhte die Kraft meiner Windmagie und verstärkte die Sicherheitsblase um uns herum. Ganze Wellen brachen über uns herein und umschlossen uns, konnten uns aber nicht mit sich reißen, als sie sich zurückzogen.

»Bringst du oft vierzehnjährige Jungen an einsame Orte?«, scherzte Darius, und ich musste lachen.

»Nur die heißen.«

»Ich Glückspilz«, stichelte er.

Die nassen Felsen unter uns wurden übermäßig rutschig, und Darius schoss schnell Feuer aus seiner Handfläche, dessen Intensität den Pfad austrocknete, während wir ihn entlanggingen. Er hatte bereits eine erstaunliche Kontrolle über eine Kraft, die gerade erst erwacht war. Aber so waren die Celestia-Familien nun einmal. Mächtig und klug. Eine tödliche Kombination.

Bald erreichten wir die Stelle, an der eine Höhle verborgen lag, die ich jahrelang mit Schichten von Verhüllungsmagie versehen hatte. Als ihr Erschaffer war ich der Einzige, der ihre Anwesenheit spüren konnte, und als ich mich ihr näherte, drückte ich meinen Willen gegen ihre Grenzen und die Höhle offenbarte sich.

»Heilige Scheiße«, hauchte Darius, als sich die Wände der Klippe vor ihm zu öffnen schienen und die Wahrheit ans Licht kam.

Wir gingen tief in die Höhle hinein, wo der unebene Boden hoch genug war, um trotz des heftigen Sturms trocken geblieben zu sein. Ich drückte meine Luftmagie gegen den Höhleneingang, um den peitschenden Wind davon abzuhalten, uns zu finden.

Darius ließ die Flamme in seiner Hand heller brennen und lenkte sie so, dass sie träge über dem Höhlenboden schwebte.

Ich ließ mich auf einen Felsen fallen, während einer der Stalaktiten über uns tropfte und das Geräusch in der Höhle widerhallte. Darius kniete sich neben das Feuer, und ich holte die Knochen und das Klappmesser aus meiner Tasche.

»Bist du sicher, dass du das tun willst?«, fragte ich und behielt ihn im Auge.

»Zweifle nicht an mir, Lance. Ich bin dabei. Voll dabei. Jetzt lass uns anfangen.« Er legte die Hände auf die Knie und wartete darauf, dass ich handelte.

Ich holte langsam Luft und zog meine Kraft an die Oberfläche meiner Haut, bevor ich die vier Knochen in einer Reihe vor mir platzierte. Jeder stammte von einem mächtigen Fae, der eines der Elemente besessen hatte. Feuer, Wasser, Luft und Erde. Ihre Kraft floss noch immer in den Überresten ihrer Körper. Und diese Kraft konnte auf eine Weise genutzt werden, die an der Zodiac Academy nie gelehrt werden würde.

Ich klappte das Messer auf und drehte meine Hand um. Darius warf einen faszinierten Blick auf das dreieckige Tattoo an meinem linken Handgelenk, das das Element Luft darstellte.

Ich ließ die Klinge von der Spitze des Dreiecks bis zur Mitte meiner Handfläche gleiten. Blut sickerte heraus, und ich warf Darius einen Blick zu, um zu überprüfen, ob er nicht etwa einen Rückzieher machen wollte. Aber er zuckte weder zusammen noch wich er zurück, sondern beobachtete mich nur mit einer Art geduldigem Interesse, das mich daran erinnerte, warum ich ihm alles anvertrauen konnte.

Während das Blut auf die Knochen tropfte, ballte ich meine Hand zur Faust und drückte noch mehr auf jeden einzelnen Knochen.

Ein Windhauch streifte meinen Nacken, eine flüsternde Stimme drang an mein Ohr. Aber ich wartete auf den besten Teil und leitete meine Magie in das Blut, das aus meiner Wunde auf die Knochen floss.

Dann geschah es.

Kraft erblühte in meiner Brust wie ein lebendiges Wesen, und ich seufzte berauscht, als sie sich verführerisch um mein Herz wickelte. Ich atmete langsam aus, als das Dopamin meinen Körper durchflutete und eine dicke Wolke der Ruhe über mich legte. Nur dunkle Magie fühlte sich so an, Elementarkraft bot diesen Rausch nicht.

Ich öffnete die Augen, griff nach den Knochen und nahm sie in die Hand. Als ich sprach, war mein Ton rau und tief: »Zeig mir, welchen Nutzen meine Schwester aus den Acruxes zieht.«

Eine Vision strömte auf meine Sinne ein, sanft, dann etwas härter. Zuerst war da nichts als ein endloser Sternenhimmel, dessen Dunkelheit von hunderttausend Lichttropfen durchbrochen wurde.

»Was siehst du?« Darius' Stimme war gleichzeitig nah und fern.

Licht brannte in meinem Sichtfeld. Ein Feuerball raste gewaltsam über den weiten Himmel und durchbrach meine Wahrnehmung. Ein weißer Geist hinterließ einen Abdruck auf meiner Netzhaut, als er aus meinem Blickfeld verschwand und das Bild verblasste.

Eine weibliche Stimme erreichte mich: *»Wirf die Knochen, dann stell deine Frage.«*

»Steckt meine Schwester in Schwierigkeiten?«, fragte ich laut. Ich wusste, was zu tun war.

Ich warf die Knochen und öffnete meine Augen ein Stückchen, während der Rausch der Macht mich wie eine Droge gefangen hielt. Die Knochen fielen, zwei mit dem Elementsymbol nach oben zum Höhlendach, die anderen beiden mit dem Symbol nach unten.

»Was bedeutet das?«, fragte Darius.

»Es bedeutet, dass ihr Schicksal noch nicht entschieden ist. Die Antwort lautet sowohl Ja als auch Nein.« Ich holte tief Luft, um mich zu beruhigen, während die Kraft erneut in meiner Brust pochte – das Gefühl machte süchtiger als alles andere, was ich je zuvor erlebt hatte. Es ließ meine Ängste verschwinden und erfüllte mich stattdessen mit Ekstase.

»Ich kann nichts anderes sehen. Aber je mehr Kraft wir den Knochen geben, desto mehr werden sie uns offenbaren.« Ich hob das Klappmesser und wartete auf seine Reaktion.

»Du willst mein Blut«, stellte Darius fest. Er verstand schnell.

»Ich werde dich um nichts bitten, Darius«, sagte ich bestimmt und hielt an diesem edlen Teil von mir fest, bevor der Reiz der Macht ihn vertrieb.

Er nahm mir das Messer aus der Hand und ritzte wortlos seine eigene Handfläche auf – genau, wie ich es bei mir getan hatte. Einen Moment lang wirkte er unsicher, dann bewegte er seine Hand auf die

Knochen zu. Mit dieser Tat würde er seine Familie endgültig verraten. Wenn jemals jemand herausfände, dass er dunkle Magie praktiziert hatte, könnte er seinen Anspruch auf den Thron verlieren.

Ich streckte meine Hand aus, legte sie um seine Faust und schloss sie, bevor das Blut entweichen konnte.

»Warte«, flüsterte ich, aber er schob meine Hand von seiner und drückte das Blut auf die Knochen. Er atmete scharf ein, als die Kraft in ihn eindrang, und der Rausch übertrug sich auch auf mich und zerstreute meine Ängste erneut.

Ein zartes Lächeln huschte über sein Gesicht, seine Schultern sackten hinab und seine Augenlider wurden schwer. Ich erinnerte mich an meinen ersten Blutmagiezauber – meine Eltern hatten mich an die Sache herangeführt. Ich war ein paar Monate jünger als er gewesen, meine Mutter hatte den Schnitt gemacht und mein Vater hatte mir die Knochen gereicht. Was er jetzt fühlte, war der größte Rausch seines Lebens, was das Ganze gleichzeitig zur gefährlichsten Kraft Solarias machte.

Wenn Darius sein Verlangen nach mehr nicht kontrollieren könnte, würde er schnell abrutschen. Stärkere Geister als meiner hatten dem Ruf der Blutmagie nachgegeben und sich so tief geschnitten, dass sie ihre Arterien durchtrennt hatten und verblutet waren, bevor sie wieder genug Bewusstsein erlangt hatten, um sich selbst zu heilen. Und wenn sie stark genug gewesen waren, um dem Blutrausch zu widerstehen, dann hatten vielleicht die Schatten sie stattdessen angelockt und nie wieder losgelassen. Dies war eine der tödlichsten dunklen Magien. Und als dieser Gedanke in mir aufflammte, nahm ich Darius das Klappmesser weg und steckte es wieder in meine Tasche.

»Hier.« Ich hob zwei der Knochen auf und drückte sie in seine Handfläche, woraufhin er sie fest umklammerte.

Ich nahm die anderen beiden, und wir zuckten beide zusammen, als die Vision gleichzeitig über uns hereinbrach.

Die Dunkelheit verschlang mich, dick und undurchdringlich. Ein heulendes Geräusch drang an meine Ohren, und die Welt um mich herum schien nur noch aus Ruß und Asche zu bestehen. Das Schattenreich, in dem ich stand, war in Bewegung – und ich bewegte mich mit ihm. Das ganze Bild verzerrte sich, bis ich mich nicht mehr in der Dunkelheit befand, sondern vor einer Flamme stand, die so hell und so tiefrot war, dass es sich nur um Drachenfeuer handeln konnte.

Ein gefallener Stern leuchtete im Herzen des Feuers, glitzernd und funkelnd mit Lichtblitzen in Silber, Purpur, Blau und Violett. Unter der Intensität des Feuers zerfiel er zu Staub, und als sich die Vision veränderte, wurde ein riesiger grüner Drache als Quelle der Flammen sichtbar. Ich spürte Darius' Reaktion mehr, als dass ich sie sah. Das war sein Vater. Aber es war nicht unbedingt ungewöhnlich, dass ein Drachenwandler Sternenstaub herstellte …

Ein Flüstern rauschte über uns hinweg und drang mir in die Knochen. *»Der Tod ist nah.«*

Plötzlich verwandelte sich das Feuer in Blut, die Welt färbte sich rot, und der kupferne Geruch meines Lieblingsgeschmacks traf auf meine Sinne. Meine Reißzähne kribbelten, und der Drang, zu trinken, verschlang mich von innen heraus. Ich war ausgelaugt, hoffnungslos, verloren. Dann traf mich die Dunkelheit wie ein Donnerschlag.

Ich lag auf dem Rücken und starrte zu Darius auf, der mich schüttelte. Scharfe Stalaktiten glitzerten über seinem Kopf, bedeckt mit silbrigen Mineralienrückständen.

»Lance!«, knurrte er und ich stieß ihn zurück, mein Herz war schwer und klopfte unregelmäßig. Mein Mund war übermäßig trocken, und meine Handfläche brannte dort, wo ich mich geschnitten hatte.

»Hast du es gesehen?«, fragte ich.

Er nickte mit zusammengebissenen Zähnen. »Und ich habe eine Stimme gehört … Der Tod ist nah.«

»Das Ganze betrifft mehr als nur meine Schwester«, sagte ich und umklammerte seine Schulter, als er mich ansah. »Unsere Familien planen etwas, Darius. Etwas Schreckliches.«

Gemini
Scorpio
Virgo
Cancer
Aries
Leo
Taurus
Sagittarius
Capricorn
Aquarius
Libra
Pisces

DARIUS

KAPITEL 5

Obwohl die anderen Erben und ich eigentlich eine Woche auf dem Campus der Zodiac Academy hätten verbringen sollen, hatte mein Vater beschlossen, zur Feier unseres Erwachens ein Fest auf unserem Anwesen zu veranstalten.

Ich saß hinten in der Limousine, die geschickt worden war, um uns abzuholen, und lächelte, als Seth aufstand und mit Max an seiner Seite aus dem Schiebedach zu heulen begann.

Lance saß in der Ecke, den Blick starr aus dem Fenster gerichtet, während er über das, was wir von der Blutmagie gelernt hatten, nachzudenken schien.

Ich strich mit dem Daumen über die Stelle an meinem Handgelenk, wo der Schnitt gewesen war. Lance hatte die Wunde für mich geheilt, aber ich verspürte den seltsamen Drang, sie wieder aufzureißen und mich erneut der Dunkelheit hinzugeben. Lance hatte mich davor gewarnt, dass ich jetzt, da ich auf den Geschmack gekommen war, leicht wieder in Versuchung geraten könnte. Ich brauchte Willens- und

Geistesstärke, um dem zu widerstehen. Glücklicherweise mangelte es mir als Löwe an beidem nicht.

Wir waren uns einig, dass es eine gute Idee war, heute Abend an den Feierlichkeiten teilzunehmen, um mehr Informationen über die Pläne unserer Familien zu erhalten. Wir kamen also nicht völlig ohne Hintergedanken. Nicht, dass einer von uns es gewagt hätte, eine Einladung meines Vaters abzulehnen. Aber ich konnte nicht leugnen, dass es sich gut anfühlte, mit dem Ziel hierherzukommen, die Pläne meines Vaters zu durchkreuzen. Gut *und* auch ein bisschen beängstigend, wenn ich ganz ehrlich war. Aber das würde mich nicht aufhalten.

Wir erreichten das Anwesen, und die anderen Erben kletterten aus dem Auto. Ich sah, wie Lance mir ein entschlossenes Lächeln schenkte, als er Anstalten machte, ihnen zu folgen.

»Wenn alle abgelenkt sind, versuchen wir, in Vaters Arbeitszimmer zu kommen«, murmelte ich und bestätigte damit den vagen Plan, den wir uns heute Nachmittag ausgedacht hatten.

»Hoffen wir nur, dass er seine schmutzigen Pläne irgendwie dokumentiert hat«, brummte Lance.

»Er war schon immer akribisch, und ich habe noch nie erlebt, dass er Details dem Zufall überlässt. Wenn ihm dieser Plan wichtig ist, wird er die Feinheiten aufgeschrieben haben«, versicherte ich ihm.

Außerdem war Lionel Acrux einer der vier mächtigsten Fae überhaupt. Er hatte keinen Grund, zu befürchten, dass jemand diese Art von Informationen finden könnte – niemand wäre in der Lage, in sein Haus einzubrechen, geschweige denn in sein Arbeitszimmer. Und natürlich würde er nie vermuten, dass sich sein gehorsamer Sohn gegen ihn stellen würde, also wäre er nicht auf die Idee gekommen, etwas vor mir zu verbergen. Er glaubte, mich so engmaschig unter seiner Kontrolle zu haben, dass ich es nie wagen würde, mich gegen ihn zu erheben. Das hatte ich bis vor Kurzem auch gedacht. Aber ich hatte die Entschlossenheit eines Drachen und mir wurde immer bewusster, dass ich bald bereit sein würde, mich allein zu behaupten, wie es für meine Art vorgesehen war.

Wir folgten meinen Freunden aus der Limousine und schließlich in Richtung Eingang. Unser Haus war vermutlich groß genug, um eine kleine Armee unterzubringen. Das gotische Gebäude erstreckte sich gewaltig vor uns, und entlang der Dächer zeichneten sich steinerne Drachen gegen den Himmel ab.

Die Eingangstür war groß genug, um einen ausgewachsenen Drachen passieren zu lassen, obwohl wir sie selten ganz öffneten. Am Fuße des Gebäudes befand sich eine weitere kleinere Tür mit einem Türklopfer in Form eines goldenen Drachenkopfes. Unser Butler Jenkins öffnete diese Tür weit, als wir uns näherten, und ich folgte den anderen Erben nach drinnen.

Aus dem gewölbten Torbogen zu unserer Rechten drangen angeregte Gespräche und leise Musik, und wir begaben uns ebenfalls in diese Richtung.

Dieser Teil des Anwesens wurde eigentlich nur genutzt, wenn wir Gäste hatten. Wir verfügten über einen Ballsaal, in dem meine Eltern offizielle Veranstaltungen abhielten, und einen riesigen Speisesaal mit einer langen Tafel, an der fünfzig Gäste Platz fanden. Dort würden wir heute Abend gemeinsam speisen.

Einer von Vaters Dienern nahm uns die Mäntel ab, und wir traten durch die Tür.

Meine Mutter hatte die übliche Flut an beeindruckenden Blumen zum Leben erweckt, um jede verfügbare Fläche zu schmücken, und sie hatte eine Mischung aus roten und blauen Blüten gewählt, zu Ehren der beiden Elemente, die ich für mich beansprucht hatte.

Als wir den Speisesaal erreichten, wandten sich alle in unsere Richtung, und Lance trat zur Seite, während alle mir und den anderen Erben höflich applaudierten.

Ich lächelte so, wie man es von mir erwartete, bevor ich mich von meinen Freunden entfernte, damit wir uns alle zu unseren Familien gesellen konnten.

»Darius, mein Lieber, wie gefällt dir dein Aufenthalt an der Academy?«, säuselte Lance' Mutter, Tante Stella, als ich mich ihr gegenübersetzte. Sie war eine zierliche, aber sehr hübsche Frau, mit mitternachtsdunklen Augen, die so intensiv waren, dass sie gerade eine Aufforderung darstellten, sich gegen sie aufzulehnen. Ihre dunklen Haare waren kurz geschnitten und verliehen ihren kantigen Gesichtszügen einen noch strengeren Ausdruck, da es in Richtung Kinn federartig auslief.

Clara saß zu ihrer Rechten, nur zwei Stühle von meinem Vater entfernt, der natürlich den Platz am Kopfende des Tisches für sich beansprucht hatte. Ich bemerkte, wie ihr Blick zu ihm wanderte, aber er zeigte keine Anzeichen dafür, dass er es bemerkte.

»Sehr gut, danke«, antwortete ich förmlich. »Lance hat mir schon alle möglichen Geheimnisse gezeigt, die der Campus bereithält.«

Lance warf mir einen wissenden Blick zu, als er sich neben seine Mutter fallen ließ.

Die Plätze links und rechts von mir waren leer, und ich sah mich stirnrunzelnd nach meinem Bruder um.

»Musstest du schon viele Herausforderungen in Bezug auf deine Kräfte bestehen?«, fragte mein Vater mit fordernder Stimme, als er sich an mich wandte.

»Noch nicht«, antwortete ich. »Bisher schienen alle, denen ich begegnet bin, von der Aussicht begeistert zu sein, die Celestia-Erben kennenzulernen. Niemand hatte das Bedürfnis, mich zu bitten, meine Stärke zu demonstrieren.«

»Du hast es also leicht«, brummte Vater abweisend. »Ich habe befürchtet, dass du in deiner Position faul werden könntest. Es schickt sich nicht, übermütig zu werden, wenn einen niemand auf die Probe stellt.«

Ich biss mir auf die Zunge, um nicht zu antworten, und wurde dankenswerterweise durch Xaviers Ankunft davor bewahrt.

»Darius!«, rief er aufgeregt, als wäre ich Monate statt Tage weg gewesen. Er klopfte mir auf die Schulter und lächelte mich breit an, während er sich auf den Stuhl fallen ließ, der mich von Vater trennte, und ich lächelte zurück. Die beiden Stühle zu meiner Linken blieben auffällig leer.

Vater machte kein Geheimnis daraus, dass er über unsere Zurschaustellung von Zuneigung füreinander die Nase rümpfte, und ich unterdrückte einen Seufzer, als ich sah, in welche Richtung sich dieser Abend entwickelte. Diese sogenannte Feier zu Ehren meines Erwachens war vielmehr eine Prüfung – und ich war bereits wenige Augenblicke nach dem Betreten des Hauses durchgefallen.

»Und, wie ist die Academy?«, fragte Xavier begeistert und ignorierte die warnenden Anzeichen für Vaters kippende Stimmung.

»Gut«, antwortete ich ohne weitere Ausführungen, und das Gespräch um mich herum kam zum Erliegen.

»Lance hat mir erzählt, dass du dich für das Pitball-Team der Schule aufstellen lassen solltest, sobald du offiziell eingeschrieben bist«, warf Clara mit einem warmen Lächeln ein, das keinesfalls darauf hinwies, dass sie ihre Abende damit verbrachte, am Hals meines Vaters zu nuckeln.

»Natürlich wird er das«, sagte mein Vater, bevor ich antworten konnte. »Mannschaftssport ist eine großartige Möglichkeit für Jugendliche, ihren Charakter zu formen. Er ist durchaus von Wert und bringt die Unterstützung der Altersgenossen ein. All das sind nützliche Dinge für die reale Welt, wenn man seinen Abschluss gemacht hat.«

»Pitball ist mehr als nur eine nützliche Methode, die Altersgenossen zu beeindrucken und etwas über Teamarbeit zu lernen«, murmelte Lance und zog die Aufmerksamkeit des Tisches auf sich. »Einige Leute verdienen ihren Lebensunterhalt damit, für Teams der Solarischen Pitball-Liga zu spielen.«

Tante Stella lachte laut, als wäre das ein Witz gewesen, und alle um uns herum stimmten mit ein. Ich warf Lance einen ermutigenden Blick zu, während sein Unterkiefer vor Wut zu zucken begann.

Die leeren Stühle neben mir wurden immer auffälliger – und schließlich gab ich meiner Neugier nach. »Auf wen warten wir?«, fragte ich und wandte mich meiner Mutter zu, die links von meinem Vater saß wie eine hübsche Puppe mit hellrosafarbenem Lippenstift.

»Wir haben eine Überraschung für dich«, gab sie mit einem kleinen Lächeln zu.

Ich runzelte die Stirn angesichts ihrer vagen Andeutung und drehte den Kopf, um herauszufinden, wer in der üblichen Reihe wichtiger Familien- und Ratsmitglieder fehlte, aber ich konnte niemanden ausmachen, der noch nicht eingetroffen war.

Bevor ich das Thema weiterführen konnte, öffneten sich die Türen erneut und ein Mädchen kam herein, begleitet von Oscar, dem Cousin meines Vaters. Ich konnte hinter dem riesigen Kopf aus kastanienbraunen Haaren, die wild und ungezähmt um seine Schultern fielen, nicht erkennen, ob ich es kannte oder nicht.

Unsere Familie war groß und es gab immer Onkel, Cousins und verschiedene andere entfernte Verwandte, die aus geschäftlichen Gründen ein und aus gingen, aber Oscar sahen wir nur selten. Seine Familie lebte im hohen Norden von Solaria und betrieb die Eiskähne, die eine große Bedeutung hatten, auch wenn sie höllisch langweilig waren.

»Erinnerst du dich an Oscars Tochter Mildred?«, fragte meine Mutter leise und lenkte meine Aufmerksamkeit von den Neuankömmlingen ab.

Der Name kam mir vage bekannt vor, aber ich konnte mich nicht wirklich daran erinnern, sie getroffen zu haben. In meiner Kindheit waren wir einmal zu Oscars Familie gefahren, und ich hatte eine verschwommene Erinnerung daran, mit seinen Töchtern gespielt zu haben, aber ich konnte nicht behaupten, dass mir viel davon im Gedächtnis geblieben war.

»Nicht wirklich«, gab ich zu und wandte meine Aufmerksamkeit dem ersten Gang zu, der gerade serviert wurde.

Ich riss ein Stück Brot ab und tauchte es in die kräftige grüne Suppe, die vor mir stand.

Oscar und seine Tochter nahmen die Plätze neben mir ein, und ich blickte auf und lächelte höflich zur Begrüßung.

Ich verschluckte mich an meinem Brotklumpen, als mein Blick auf das Gesicht des Mädchens zu meiner Linken fiel. Oscars Tochter lächelte breit, wobei ihre unteren Zähne viel weiter hervorstanden als die oberen. Ihre Haut war fleckig und rot, und ihre schlammbraunen Augen waren nicht gleich groß. Ihr Anblick hätte mich fast zu Tode erschreckt.

Ich wandte schnell den Blick von dem abscheulichen Mädchen ab und nahm ein Glas Wein, um den störenden Brotklumpen hinunterzuspülen.

Als ich mich endlich wieder gefasst hatte, sah ich, dass Vater mich böse anfunkelte. Der strenge Blick in seinen Augen überraschte mich; es war, als würde er mich vor etwas warnen. Aber alles, was ich getan hatte, war, wegen eines Brotstückchens und eines hässlichen Mädchens fast draufzugehen.

»Wir dachten, wir sollten dies zu einer Art Doppelfeier machen«, sagte Vater und lächelte auf eine Art, die für einen Außenstehenden warm gewirkt hätte, aber ich wusste, dass dieses Lächeln berechnend war. Irgendeiner seiner Pläne nahm Gestalt an, und ich hatte das Gefühl, dass sein Cousin und dessen Inzucht-Nachkomme dabei eine Rolle spielten.

»Warum? Was gibt es sonst noch zu feiern?«, fragte Xavier,

ohne den geheimnistuerischen Unterton zu bemerken, der am Tisch ausgebrochen war.

Statt ihn mit einem vernichtenden Blick zum Schweigen zu bringen – wie ich es erwartet hatte –, lächelte mein Vater nur.

»Mildred hat kürzlich erstmals ihre Formgebung angenommen. Sie ist nun offiziell ein Drache, wie der Rest ihrer Linie.«

»Herzlichen Glückwunsch«, murmelte ich, ohne mich einem zweiten Blick in ihr Gesicht auszusetzen.

Ich fragte mich, warum eine entfernte Verwandte und ihre erste Verwandlung so viel Anerkennung erhielten. Dies war ein Festessen, um das Erwachen der vier Erben des Celestia-Rates zu feiern. Seth, Max, Caleb und ich waren die zukünftigen Herrscher unseres Königreichs, also warum zum Teufel war dieses Mädchen mit dem Trollgesicht überhaupt hier?

»Wie alt bist du?«, fragte Xavier sie.

Es war kein Geheimnis, dass er verzweifelt darauf wartete, dass seine Drachenform zum Vorschein kam. Er war dreizehn und mehr als nur ein bisschen irritiert, dass sie sich noch nicht gezeigt hatte. Und als ich seine schlanke Gestalt betrachtete, fragte ich mich, ob es vielleicht möglich war, dass es bei ihm gar nicht dazu kommen würde. Mein Magen verkrampfte sich bei der bloßen Vorstellung und ich verdrängte den Gedanken. Männliche Drachen neigten dazu, auch in ihrer Fae-Gestalt groß und kräftig gebaut zu sein, aber das war nicht immer der Fall. Außerdem würde er dieses Jahr vielleicht noch fülliger werden.

Ich warf einen Blick in die Runde, wobei ich jeden männlichen Drachen unter uns allein an seiner Größe erkennen konnte, und biss mir in heftiger Verleugnung auf die Zunge. Wenn Xavier sich nicht als Drache entpuppte, wollte ich nicht daran denken, was Vater dann tun würde. In seinen Augen war jede andere Formgebung minderwertig. Unsere Blutlinie war so rein wie möglich, mit Drachen auf beiden

Seiten, aber es gab immer rezessive Gene, die eine oder andere Harpyie oder einen Zyklopen. Und man konnte nie ganz sicher sein, welche Form jemand annehmen würde, bis seine Formgebung auftauchte – und das völlig abhängig von den Launen der Sterne. Ich hoffte von ganzem Herzen, dass Xavier dazu bestimmt war, ebenfalls als Drache zu leben.

»Ich bin fünfzehn«, sagte Mildred mit einer Stimme, die so tief war, dass man sie für die eines Mannes halten konnte. »Ich bin in den meisten Dingen eine Spätzünderin. Ich habe auch gerade erst meine Periode bekommen.«

Ich verschluckte mich an meinem Schluck Wein und spuckte ihn fast über Stella und Clara, die mir gegenübersaßen.

Lance hielt sich den Mund zu, um seine Belustigung zu verbergen, und Vater räusperte sich, als hätte er sie nicht gehört.

»Diese Generation leidet unter einem erheblichen Mangel an weiblichen Drachen«, sagte Vater lautstark. »Und es ist geradezu herrlich, ein Mädchen aus einer langen und *reinen* Linie zu finden.«

Ich hob eine Augenbraue und fragte mich, warum er auf die Reinheit ihres Blutes hinwies. Sie hatte die gleichen Urgroßeltern wie ich, ich wusste also, wie rein ihr Blut auf dieser Seite war, und es war keine Überraschung, dass auch die mütterliche Seite ihrer Abstammung zurückverfolgt werden konnte. Das war der Brauch unserer Art. Fae versuchten, ihre Macht auf jede Weise zu bewahren und weiterzugeben, und mächtige Formgebungen waren ein wichtiger Teil davon. Kein Drache würde eine Sphinx oder einen Greif heiraten, es sei denn, er wäre so töricht, sich in eine solche Formgebung zu verlieben und den Zorn seiner ganzen Familie zu riskieren, weil er die Blutlinie beschmutzte. Als ich Mildred aus den Augenwinkeln betrachtete, konnte ich nicht umhin, mich zu fragen, ob sie etwas von einem Minotaurus in sich trug, denn ihr Gesicht und ihre breiten Schultern hatten durchaus Ähnlichkeit mit einem Halbstier.

Caleb, der weiter hinten am Tisch saß, fing meinen Blick auf und tat so, als würde er in seine Suppe kotzen, nachdem er sein Kinn in ihre Richtung geneigt hatte. Ich kämpfte gegen ein Lachen an und biss mir amüsiert auf die Lippe.

»Wir dachten, es wäre eine gute Idee, wenn du und Mildred euch kennenlernen würdet, Darius«, sagte Mutter und ich blickte mit einem leichten Stirnrunzeln zu ihr auf.

»Warum?«, fragte ich und merkte einen Augenblick zu spät, dass das wahrscheinlich ein bisschen unhöflich gewesen war.

»Na ja, weil …« Mutter stockte und sah Vater Hilfe suchend an. Ich hielt inne, einen Löffel Suppe auf dem halben Weg zu meinem Mund.

Ein Schauer lief mir über den Rücken, und ich hatte das Gefühl, dass gleich etwas Schreckliches passieren würde. Vor allem, als auch Vater zögerte. Er zögerte nie, wich nie zurück, sondern preschte immer nach vorn, als wäre alles, was er tat, absolut richtig.

Wenn er sich also mit seiner Antwort Zeit ließ, dann wusste er genau, dass mir das, was er sagen wollte, nicht gefallen würde.

»Weil wir glauben, dass Mildred eine gute Partie für dich wäre«, sagte Vater mit fester, befehlsgewohnter Stimme, die keinen Spielraum für Manöver ließ.

»Was?«, raunte ich, und mein Herz klopfte wie wild, weil ich nicht glauben wollte, in welche Richtung dieses Gespräch ging.

»Deiner Generation mangelt es mehr denn je an brauchbaren Partien. Einige Familien haben keine Nachkommen gezeugt, es gibt viel mehr Männer als Frauen, und dann war da natürlich noch der ganze Medusa-Vorfall mit den Johnsons.«

Ich starrte ihn an und weigerte mich, das zu akzeptieren, was er mit ziemlicher Sicherheit andeutete. Es war mir nicht entgangen, dass die Familien der Drachenformgebung in meiner Generation nicht viele weibliche Nachkommen hervorgebracht hatten, aber ich hatte mir darüber nie viele Gedanken gemacht. Es war ja nicht so, dass ich auf der Suche nach einer Frau war – ich hatte bisher nur zwei Mädchen geküsst.

»Du kannst doch nicht ernsthaft andeuten ...«, begann ich, aber er unterbrach mich.

»Mildreds Abstammung ist unbestritten«, sagte Vater laut, seine Stimme eine Warnung vor weiteren Ausbrüchen. »Ihre Eltern sind ...«

»Mit dir verwandt. Ihr Vater ist dein Cousin. Sie ist meine verdammte *Cousine*«, stotterte ich.

»Cousine *zweiten Grades*«, knurrte Vater, und seine Augen wurden zu grünen, reptilienartigen Schlitzen.

Ich wusste, dass ich ihn vor den Kopf stieß, aber wie konnte er von mir erwarten, dass ich hier einfach ruhig sitzen blieb, während er mich mit diesem wandelnden Hundehaufen neben mir verkuppelte?

»Ich bin *vierzehn*«, sagte ich laut. Laut genug, um die Aufmerksamkeit der anderen im Raum auf mich zu ziehen. Ich spürte ihre Blicke auf mir, aber das war mir egal. Ich hatte mir schon viel von meinem Vater gefallen lassen, aber das nicht. Ich würde das nicht tun. Er konnte mich nicht in ein elendes Leben an der Seite eines Ogers zwingen, nur weil dieser Oger zufällig Drachenblut hatte.

Lance öffnete den Mund, als er meinen Blick auffing, aber er wusste offensichtlich nicht, was er sagen konnte, um mir zu helfen.

Ich warf einen Blick auf meine Mutter. Meine schöne, eitle, perfekt gekleidete Mutter, deren einziges Interesse dem Äußeren galt. Sicherlich würde *sie* nicht wollen, dass ihr hübscher Sohn an diese erbärmliche Kreatur gefesselt wurde?

»Vielleicht bietet sich eine andere Möglichkeit, bevor ihr diese Ehe tatsächlich eingeht«, sagte sie langsam und schürzte die Lippen voller Abscheu, als sie den Troll betrachtete, der die Mutter ihrer Enkelkinder sein könnte, wenn es nach Vaters Willen ginge.

Ich sah Mildred an und hoffte, dass sie meinen Unmut über diesen

Vorschlag zumindest ein wenig teilen würde. Okay, sie wurde nicht zu einem hässlichen Arschloch getrieben, aber wollte sie wirklich einen völlig Fremden heiraten?

Sie sah mich mit ihren missgestalteten Augen an, aber ich fand dort nicht das erhoffte Entsetzen. Ihr Mund war geschlossen, aber die riesigen Zähne, die ihren Unterkiefer ausfüllten, ragten immer noch durch ihre fleischigen Lippen. Die Vorstellung, diesen Mund zu küssen, war mehr als entsetzlich. Das würde ich nicht tun. Niemals.

»Was hältst du von diesem Wahnsinn?«, fragte ich sie, als sie sich nicht zu Wort meldete.

»Es wäre mir eine Ehre, die Frau eines Erben des Celestia-Rates zu sein«, sagte sie, und mein Herz wurde so schwer wie ein Stein. Macht. Natürlich wollte sie mich. Ich konnte sie in eine Position bringen, von der die meisten Frauen nur träumten. Die Ehe mit einem der Erben würde ihr gesellschaftliches Ansehen über das der meisten Fae heben.

Aber was würde ich von dieser Verbindung haben? Eine schweinehässliche Frau und Gremlin-Kinder.

»Verdammt, nein!«, fauchte ich, stand auf und ließ meinen Suppenlöffel fallen. Er fiel in die Schüssel und die grüne Suppe verteilte sich überall.

Es wurde still, und alle im Raum sahen mich an. Die Augen meines Vaters versprachen mir eine ordentliche Tracht Prügel, aber das war mir ausnahmsweise egal. Ich weigerte mich, das geschehen zu lassen. Jahrelang hatte ich das Elend ertragen, ein Teil dieser Familie zu sein, und ich würde mich nicht an eine Frau binden, die ich nicht einmal mit Verlangen ansehen, geschweige denn lieben konnte.

»Setz dich wieder hin, Darius!«, knurrte Vater mit eisig tiefer Stimme.

»Ich werde sie nicht heiraten«, knurrte ich und deutete auf Mildred, ohne sie anzusehen. Mein Blick traf den meines Vaters, und ich spürte, wie sich meine Augen zu reptilienartigen Schlitzen verformten, während mich die Wut packte.

»Du wirst tun, was von dir erwartet wird und …«

»Nicht das!«, schrie ich, und Flammen züngelten unaufgefordert in meinen Handflächen empor.

Alle starrten mich an, aber das war mir scheißegal. Jeder hat eine Grenze, und ich hatte meine gefunden. Ich würde dieses Mädchen nicht heiraten, und ich würde schreien, bis ich meine Stimme verloren oder das ganze Haus niedergebrannt hatte, wenn das nötig wäre, um meinen Standpunkt klarzumachen.

»Ich glaube, du musst dich beruhigen«, sagte Mutter, deren Gesichtszüge vor Scham ganz verzerrt waren. »Warum gehst du nicht an die frische Luft?«

»Von mir aus«, schnauzte ich.

Ich trat den Stuhl hinter mir weg, der mit einem lauten Knall zu Boden fiel, und machte mich auf den Weg zur Tür. Ohne mich noch einmal umzudrehen, stakste ich aus dem Zimmer und schaffte es, die Flammen zu löschen, bevor ich die Tür erreichte.

Es war mir egal, was mein Vater als Vergeltung für meinen Ausbruch tun würde. Er konnte mich nicht vor den Altar zwingen. Und er konnte mich ganz sicher nicht zwingen, dieses Mädchen zu heiraten.

Gemini
Scorpio
Virgo
Cancer
Aries
Leo
Taurus
Sagittarius
Capricorn
Aquarius
Libra
Pisces

ORION

KAPITEL 6

Ich legte mein Besteck hin, stand auf und sah, wie mir Darius' Vater aufmunternd zunickte. Ich erwiderte das Nicken nicht.

»Guter Mann«, lobte Lionel mich wie einen Schoßhund.

»Ich tue das nicht für dich«, murmelte ich, während ich Darius aus dem Saal folgte – und zwar nicht auf den Befehl seines Vaters hin. Ich wollte nach meinem Freund sehen, der gerade in eine arrangierte Ehe mit seiner verdammten Cousine gezwungen worden war. Die möglicherweise wie das falsche Ende eines Nashorns aussah.

Im Esszimmer entbrannte ein wütendes Gespräch, aber ich schaute nicht zurück. Die Tür, die nach draußen führte, stand weit offen und ich betrat die stattliche Veranda, die das Haus umgab. Darius saß auf den Stufen und hatte den Kopf in die Hände gestützt. Ich ließ mich seufzend neben ihm nieder und stupste ihn mit dem Ellbogen an.

»Das ist das Schlimmste, was er je getan hat«, sagte Darius geknickt.

Mein Herz blutete für ihn, während wir schwiegen und nur das Zirpen der Zikaden die Stille füllte.

Ich stützte meine Ellbogen auf meine Knie und blickte über den makellosen Rasen unter dem Vollmond. »Du musst nicht tun, was er sagt.«

Darius fuhr herum und sah mich mit vor Wut verzerrtem Gesicht an. »So einfach ist das nicht. Er ist einer der mächtigsten Männer Solarias.«

»Na und?«, knurrte ich und warf ihm einen harten Blick zu. »Er mag dein Vater sein, aber du gehörst ihm nicht, Darius. Du bist nur noch ein paar Jahre davon entfernt, ein Mann zu sein, der seine eigene Welt regiert.«

Seine Augen wurden zunächst schmal, dann aber etwas weicher, als diese Vorstellung Wurzeln zu fassen schien. Er nickte langsam und nachdenklich.

»Du hast recht«, sagte er schließlich, und ich grinste.

»Ich habe immer recht«, erwiderte ich lachend.

Er lachte ebenfalls, und ich klopfte ihm auf die Schulter. »Geh an die Academy und reiß dir den Arsch auf! Werde größer und stärker als dieser Idiot!«

Er nickte entschlossen. »Ich werde diese Bullshit-Verlobung vorerst mitmachen, aber ich werde sie nicht heiraten.«

»Das wirst du nicht«, stimmte ich zu. »Aber nur für den Fall, dass du es doch tust, stehe ich nicht als Pate für deine Gremlin-Kinder zur Verfügung.«

Darius lachte schallend, und für einen Moment schien ein Lichtstrahl auf uns herabzuscheinen.

»Lance?« Die Stimme meiner Schwester holte mich in die Realität zurück, und ich drehte mich um und sah sie in der Tür stehen. »Kann ich kurz mit dir reden?«

Ich war erleichtert, dass sie mich aufgesucht hatte. Sie hatte mich den ganzen Abend über kaum angesehen, und das brach mir das Herz.

Ich stand auf und tätschelte noch einmal Darius' Schulter, bevor ich ihr folgte. Sie führte mich in die Küche, die mit ihrem riesigen Aga-Herd, den dramatischen roten Fliesen und den goldenen Armaturen auch für Heinrich VIII. angemessen gewesen wäre. Mein Herz pochte unregelmäßig vor Aufregung angesichts des Shitstorms, der heute Abend über dieses Haus hereingebrochen war. Und als ich Claras verzweifelten Blick sah, überkam mich das schreckliche Gefühl, dass dieser noch lange nicht vorbei war.

»Was ist los?«, fragte ich voller Anspannung.

Sie öffnete und schloss den Mund, als wäre sie sich ihrer Worte nicht sicher.

»Clara«, drängte ich, und sie blickte unter ihren langen Wimpern auf. Tränen schimmerten in ihren glänzenden obsidianschwarzen Augen, die ein Spiegelbild meiner eigenen waren. Erst einen Augenblick später blinzelte sie die Tränen weg. »Was ist los?«, flehte ich, und sie holte zitternd Luft.

»Es tut mir leid, Lance«, flüsterte sie, als hätte sie Angst, jemand könnte mithören, und winkte schnell mit der Hand, um eine Stillekuppel zu erzeugen. Sie klammerte sich an mein Hemd, und plötzlich sah ich meine geliebte Schwester vor mir, keine Fremde, die mich scheute und mich im Dunkeln ließ. »Ich war in letzter Zeit so abwesend. Aber das will ich nicht sein. Es ist die dunkle Magie …«

»Du musst vorsichtig damit sein, du kennst die Regeln«, sagte ich bestimmt. Unser Vater hatte sie tausendmal wiederholt, bis wir ihm zugehört hatten. *Einmal pro Woche – und wenn die Dunkelheit nach dir ruft, dann höre ganz auf!*

»Mom hat andere Regeln«, sagte sie, warf zuerst einen Blick über ihre Schulter und dann wieder zu mir.

Eine wütende Hitze durchströmte mein Inneres. »Scheiß auf Mom!«, knurrte ich. »Der Einzige, der sie jemals im Zaum gehalten hat, war Dad.«

Clara hatte die Stirn in Falten gelegt, und es schmerzte mich, sie so besorgt zu sehen.

»Was verlangt sie von dir?«, fragte ich. »Ich kann dir helfen. Sprich einfach mit mir, wie du es immer getan hast.«

Sie legte ihre Hand auf meine Brust und tätschelte sie sanft. »Mir geht es gut, Lance. Wirklich. Du musst dir keine Sorgen machen.« Sie holte tief Luft. »Und es tut mir leid, was ich neulich gesagt habe. Du solltest deinen Träumen folgen. Ich war egoistisch und ich …« Sie warf wieder einen nervösen Blick über ihre Schulter, und ich biss frustriert die Zähne zusammen.

Vor wem hatte sie solche Angst? Vor unserer Mutter? Denn obwohl sie es gewesen war, die mich zur Welt gebracht hatte, würde ich sie hinsichtlich Claras Manipulation zur Rede stellen und sie zwingen, ihre Pläne aufzugeben – was auch immer sie plante.

»Sag mir, was los ist!«, beharrte ich und hielt sie an den Schultern fest, sicher, dass sie sich in dem Moment, in dem ich sie losließe, abermals von mir entfernen und ich sie nie wieder zurückbekommen würde. Ich hätte ihr fast anvertraut, dass ich sie beim Trinken von Onkel Lionels Blut beobachtet hatte, aber ich brachte es nicht über die Lippen.

Sie schob ihre Ponyfransen aus den Augen und neigte den Kopf nach oben. »Das wirst du heute Abend herausfinden«, flüsterte sie in dem Moment, in dem die Tür mit gewaltiger Wucht gegen die Wand flog. Clara löste die Stillekuppel augenblicklich auf, und ich runzelte die Stirn, während ich mich von ihr abwandte.

Lionel marschierte herein wie ein Kampfpanzer auf Beinen. Er war steif und imposant, seine Muskeln darauf vorbereitet, mich einzuschüchtern. Aber ich starrte ihn kühl an und straffte die Schultern, um mich der Herausforderung in seinen Augen zu stellen.

Er mochte ein Drachenwandler sein, aber ich musste meine Zähne nur lange genug in ihm versenken, um ihn außer Gefecht zu setzen.

»Raus«, sagte er mit tödlich ruhiger Stille, seine Worte eindeutig an meine Schwester gerichtet.

Zu meinem Entsetzen gehorchte sie tatsächlich und huschte zur Tür hinaus, als gehörte sie ihm.

Fuck. Nein.

Ich blieb standhaft, als er näher kam. Die Anspannung in der Luft übertrug sich nun auch auf mich.

»Also«, sagte er ruhig. »Du und mein Sohn … Ihr scheint euch gut zu verstehen. Ich freue mich, zu sehen, dass ihr euch so gut versteht, wie wir es uns erhofft hatten.«

Er musste nicht weiter darauf eingehen, denn ich wusste, dass damit er und meine Mutter gemeint waren. Diese Intriganten. Seine Frau scherte sich einen Dreck um das Machtspiel, das ihr Mann direkt vor ihrer Nase veranstaltete. Solange sie eine mit Geld aufgeladene Platin-Kreditkarte geschenkt bekam, die sie für eine Brustvergrößerung oder eine Gesichtsstraffung ihrer Wahl ausgeben konnte, war sie zufrieden. Aber Darius' Vater hatte in meiner Mutter eine ebenbürtige Manipulationskünstlerin gefunden. Grausam und hinterhältig auf ihre eigene Art und Weise waren sie zusammen eine unaufhaltsame Kraft. Und die einzige Möglichkeit, eine unaufhaltsame Kraft zu besiegen, war eine unüberwindbare Mauer. Genau das musste ich also sein.

Ich nickte knapp, spürte aber, dass er mich nicht nur aus Höflichkeit aufgesucht hatte. Wenn man seinen freudlosen Ton überhaupt als höflich bezeichnen konnte.

»Ich bin mir nicht sicher, ob deine Mutter dir deine Aufgaben bereits erklärt hat. Also werde ich es tun, Lance.« Er starrte mich über die goldene Kücheninsel hinweg an und spreizte die Hände auf der makellosen Oberfläche. »Du machst nächste Woche deinen Abschluss, nicht wahr?«

Ich nickte erneut und knirschte mit den Zähnen, während ich versuchte, herauszufinden, worauf er hinauswollte.

»Herzlichen Glückwunsch.« Nichts in seinem Tonfall wies darauf hin, dass er das ernst meinte. »Ich hoffe, dir ist bewusst, dass du mit deinem Abschluss uneingeschränkt der Allianz zwischen unseren Familien beitrittst.«

»Ich werde ein Auge auf Darius haben, solange ich vor Ort bin«, sagte ich mit einem Achselzucken.

Er grinste herablassend. »Ah ja … die Pitball-Träume, von denen deine Mutter gesprochen hat.«

Mein Magen verkrampfte sich, als seine Augen für einen Moment reptilienhaft wurden und in tiefstem Grün aufblitzten.

Ich hatte mich noch nie vor einem Kampf gedrückt, und obwohl dieser Kerl der mächtigste Drachenwandler im Königreich war, würde ich mich so schnell nicht ergeben.

»Ich bin ein geduldiger Mann, Lance«, *Lügner*, »aber ich habe keine Zeit für müßige Träume und Wischiwaschi-Ambitionen. Wie das meines Sohnes ist auch dein Schicksal bereits vorgezeichnet. Du wirst die offizielle Rolle als Darius' Wächter übernehmen – und ich werde dich dafür großzügig entschädigen. Fairer geht es nicht.«

Mein Herzschlag beschleunigte sich, und Adrenalin durchströmte meine Adern, woraufhin meine Reißzähne automatisch nach Blut lechzten. »Fair? Ich bin im Sternzeichen Waage geboren. Ich glaube, ich weiß, was fair ist und was nicht.«

Seine Gesichtszüge zeigten nun abgrundtiefen Zorn. »Keine Widerrede, Junge. Das ist keine Bitte. Das ist ein Befehl. Eine Entscheidung, die deine Mutter und ich vor langer Zeit getroffen haben …«

»Und wo war ich, als diese Entscheidung getroffen wurde, hm?«, fuhr ich ihn an, meine Hände zu Fäusten geballt. Es war nicht so, als wäre es der schlimmste Job auf der ganzen Welt, aber es bedeutete, meine Träume mit Füßen zu treten und jeden Gedanken daran zu begraben, mehr zu sein als nur ein Spielball der Acruxes.

Wird nicht passieren. Nope.

»Du hast in deinem Bettchen vor dich hin geschnieft«, knurrte er. »*So* lange liegt diese Entscheidung bereits zurück. Und du wirst es im Leben besser haben, wenn du mich nie wieder infrage stellst.« Er drehte sich um, als wäre das Gespräch beendet. Aber das war es verdammt noch mal nicht. Und nicht nur das, er hatte mir gerade den Rücken zugewandt, was die größte Beleidigung war, die man einem anderen Fae in Solaria überhaupt antun konnte. Was genau bewies, wie viel Respekt er mir gegenüber hatte.

»Fick dich!«, knurrte ich, und er blieb stehen, seine Rückenmuskeln spannten sich gegen sein protziges Hemd. »Ich habe ein eigenes Leben zu führen. Ich schließe mich keiner Allianz an. Und ich werde ganz sicher kein Wächterband eingehen. Darius ist ein Freund, das ist alles. Meine Loyalität dir und deiner Familie gegenüber endet hier.« Mein Mundwerk hatte mir schon unzählige Nachsitz-Sessions an der Academy eingebracht, aber das hier fühlte sich anders an. Als hätte ich gerade die giftigste Schlange der Welt angestupst und ihr mein Handgelenk angeboten.

Er wirbelte herum, und ich keuchte, warf meinen Arm aus, um die Magie, die er auf mich abfeuerte, abzulenken. Eine Feuerpeitsche traf mein Handgelenk, während ich selbst einen kräftigen Luftstoß auf Lord Acrux persönlich abfeuerte, und er prallte mit einem wütenden Knurren gegen die Wand.

Schmerz durchzuckte mich, als sich die Flammenpeitsche um meinen Arm schlang und der Geruch von verbranntem Fleisch in meine Nase stieg. Ich schrie auf, während ich mit der anderen Hand Wasser wirkte und die Flammen löschte. Aber es waren keine gewöhnlichen Flammen, es war Drachenfeuer.

»Lass mich los!« Ich bleckte die Zähne und hob die Hand, um mich zu verteidigen, als mich eine weitere Peitsche von hinten traf.

Ich wurde herumgeschleudert und stellte fest, dass sich Darius' Mutter ausnahmsweise als nützlich erwies, indem sie ihren Mann unterstützte.

»Was zum Teufel soll das?«, knurrte ich. »Glaubst du, *das* wird mich dazu bringen, mich vor dir zu verbeugen?«

Die feurigen Peitschen wurden kühler auf meiner Haut und rissen mich in Richtung Tür. Lionel stapfte vorwärts und drückte eine Hand gegen meinen Hinterkopf, um mich voranzutreiben. Ich stürzte mich auf ihn und versuchte, meine Zähne in seinem Arm zu versenken, aber er schirmte sich gerade noch rechtzeitig mit seinem zweiten Element ab, indem er einen Luftschild errichtete. Er fixierte mich mit seinem Blick, und ich glaubte nicht, dass er mich noch einmal unterschätzen würde. Wenn er es täte, würde ich gewinnen.

Die Feuerketten zwangen mich, ihm zu folgen, und schleppten mich hinter ihm her zu einer Tür unter der Treppe.

Er riss sie auf und fuchtelte mit der Hand, woraufhin die Ketten mich durch die Tür zogen. Die Tür schlug hinter mir zu, und ich wurde ins Dunkle gestoßen. Das Einzige, was den Raum erhellte, waren die magischen Ketten, die meine Hände auf meinem Rücken zusammenhielten. Ich bewegte meine Schultern und zog mit aller Kraft an den Fesseln, aber es half nichts.

Pure Wut fraß sich durch meinen Körper, und ich trat mit aller Kraft, die ich aufbringen konnte, gegen die Tür. Das Holz splitterte, gab aber nicht nach.

»Lionel, du Stück Scheiße!«, brüllte ich und trat erneut gegen die Tür.

Die Kraft, die ich eingesetzt hatte, brachte mich aus dem Gleichgewicht und ich stolperte eine Stufe hinunter. Ich stieß ein wildes Knurren aus – bereit, mich mit meiner Schulter gegen die Tür zu werfen, als wäre ich auf dem Pitball-Feld und die Tür ein angreifender Gegner.

Bevor ich wie ein wilder Stier auf die Tür zustürmte, flog sie auf und Darius wurde hineingeworfen. Ich stöhnte auf, als er gegen mich prallte und wir mehrere Stufen hinunterstolperten.

Eine erdrückende Hitze durchzog die Luft, und ich wandte den Kopf instinktiv von ihr ab. Lionel stand im Türrahmen und sein bedrohlicher Schatten fiel auf uns. Er trieb die sengende Luft mit seinen Handflächen vor sich her und kesselte uns ein, sodass wir gezwungen waren, die Treppe hinunterzugehen, um ihr zu entkommen.

Darius wischte mit dem Handrücken über seine aufgesprungene Lippe. »Vater, hör auf!«, schrie er, als wir in die Tiefen eines riesigen Kellers stolperten. Kalte Steinwände starrten mich an, und die Leere des Ortes erfüllte mich mit einer kribbelnden Angst.

Die Hitze verschwand, und Lionel stürzte sich blitzschnell und mit voller Kraft auf Darius. Alarmiert zerrte ich an meinen Fesseln, als Lionels Faust auf den Unterkiefer seines Sohnes traf. Darius hob die Hände, und in seinen Handflächen loderten Flammen, aber sie waren chaotisch und sein Vater löschte sie mühelos. Ich preschte vor, beschleunigte mit meiner Vampirgeschwindigkeit und rammte Lionels Schulter, um zu helfen.

»Ach, jetzt willst du ihn beschützen, was?«, zischte Lionel und wirkte eine riesige Flammenspur, die eine Trennlinie zwischen uns zog. Ich stolperte zurück, unfähig, sie zu überqueren, während sie weiterloderte und den gesamten Betonraum um uns herum erhellte.

Lionel schlug mit der Brutalität seiner Fäuste – und ohne jegliche Magie – auf Darius ein. Panik und Wut fraßen an mir, bis ich es nicht mehr aushielt. Bei jedem Schlag schrie ich auf, aber Darius blieb eisig ruhig, als wäre das schon öfter passiert. Und allein der Gedanke daran brachte mich dazu, seinen Vater in seinem Namen in Stücke reißen zu wollen.

Ein Knarren ertönte auf der Treppe, und ich drehte mich um. Dort stand meine Mutter – und direkt hinter ihr meine Schwester.

»Befreit mich!«, rief ich erleichtert und zerrte an den Fesseln, die meine Magie weiterhin in Schach hielten.

Meine Mutter schüttelte den Kopf, ihr Gesicht war ernst. »Es ist Zeit, Lance. Wir können nicht zulassen, dass du dem weiterhin ausweichst.«

Ich starrte sie entsetzt an. Ich hatte gewusst, dass sie eine Schlampe war, aber verdammt, sie hätte meine Schlampe sein und für mein verdammtes Team kämpfen sollen.

Mein Blick fiel auf meine Schwester, ihre Augen waren voller Mitgefühl. Aber sie stand einfach nur da und tat nichts.

Ich zuckte zusammen, als hinter mir etwas zerbrach, und Darius sagte etwas Unverständliches. Vermutlich, weil er den Mund voller Blut hatte.

»Fuck!«, brüllte ich und rannte auf das Feuer zu, obwohl ich wusste, dass das ein Selbstmordkommando war.

Die Flammen lösten sich auf, eine Sekunde bevor ich sie erreichte, aber meine Wahrnehmung hatte sich zu spät an die neuen Lichtverhältnisse angepasst. Lionel packte mich bereits am Hals, und mit einer Welle von Magie, die die Grundfesten meines Körpers erschütterte, zwang er mich, neben Darius auf die Knie zu gehen.

Die feurigen Ketten, die meine Arme hielten, führten meine Hände nach vorn und meine Finger schlossen sich um Darius' Handgelenke. Er blinzelte mich benommen durch geschwollene Augen an, während Blut aus seinem Mund floss und stetig auf den Boden tropfte.

Mein Herz pochte, als wäre ich ein Tier in einer Falle, das auf den Tod wartete. Der kalte und harte Beton unter meinen Knien war alles, was ich fühlen konnte. Das und die Angst vor dem, was Lionel vorhatte.

»Es tut mir leid«, sagte Darius und spuckte dann einen Klumpen Blut neben sich auf den Boden.

»Bastard«, knurrte ich Lionel an, und ich hätte so gern geschrien, dass mir das Herz zersprang. Das war einfach verdammt unfair!

Er trat hinter Darius, legte eine Hand auf seine Schulter, und ich spürte, wie jemand eine Hand auf meine legte. Ich musste nicht hinsehen, um zu wissen, dass es meine verräterische Mutter war, und meine Kehle schwoll vor Wut an.

»Ihr werdet für immer aneinander gebunden sein«, sagte Lionel ruhig, während seine blutigen Knöchel im Licht eines Feuers leuchteten, das er über uns entzündet hatte. »Lance Orion, du wirst meinen Sohn auf Kosten deines eigenen Lebens beschützen. Nichts wird dir jemals wichtiger sein als er«, verkündete er, und meine Hoffnungen und Träume verschwammen vor meinen Augen.

»Warte!«, keuchte ich, aber in seinem Blick fand ich kein bisschen Gnade.

»Vater, nein!«, schrie Darius ihn an, was ihm einen kräftigen Stoß einbrachte.

Lionel fuhr mit schroffer, lauter Stimme fort: *»Adiuro te usque in sempiternum.«*

Darius hielt meine Handgelenke fest und stieß einen wütenden Laut aus. Ich versuchte, mich zu befreien, aber der Druck von Lionels Magie nahm zu, bis sich meine Fingernägel in Darius' Fleisch bohrten und Blut floss.

Panik nagte an meinem Herzen und zerriss es in Stücke.

Bitte nicht.

Nicht das.

Nimm mir nicht alles, wofür ich gearbeitet habe.

»Adiuro custodiet te mihi in filium!« Lionels Stimme erhob sich, und eine tiefe Kraft drang in meinen Körper ein und nahm meine Seele in ihren Griff.

»Bitte«, brachte ich hervor, verzweifelt bemüht, dem Ganzen ein Ende zu setzen.

»Für hübsche Worte ist es zu spät, mein Junge«, säuselte meine

Mutter an meinem Ohr, während sie ihre Hand fester auf meine Schulter legte. »So ist es in unseren Familien üblich. Du bist schon viel zu lange von deinem wahren Weg abgekommen. Es ist an der Zeit, dass du dich deiner Schwester und mir anschließt.«

»Niemals«, sagte ich mit zusammengebissenen Zähnen, aber Lionels Magie durchströmte mich erneut und ich sackte vornüber. Auch Darius sackte in sich zusammen, und unsere Stirne trafen einander in der Mitte, unsere Hände immer noch schmerzhaft um die Handgelenke des anderen gewickelt.

»*Adiuro te usque ad mortem!*«, rief Lionel, und die Wände erzitterten unter einer furchterregenden Magie.

Mein Herz brannte plötzlich mit der Hitze von Drachenfeuer, und der gleiche Schmerz bahnte sich seinen Weg in meine Handgelenke und mein Blut. Das Feuer pflanzte einen Samen in mich, der dornige Wurzeln schlug und sich in meinem ganzen Körper ausbreitete.

Schweiß rann mir den Rücken hinunter, während die Hitze immer weiter anstieg und mich nicht mehr aus ihrem sengenden Griff entließ. Ich zischte durch meine Zähne, geblendet von der Qual unter meiner Haut, in jeder Zelle meines Körpers.

Als der Schmerz endlich nachließ, konnte ich Darius' Arme loslassen. Nagelmale zierten unsere beiden Handgelenke, und in der Beuge unserer rechten Ellbogen befand sich ein offenbar eingebranntes Mal. Meinen Arm zierte das Symbol für Darius' Sternzeichen, Löwe, auf seinem Arm war die Waage zu sehen.

»Was hast du getan?«, keuchte Darius und drückte seine Hand auf das Mal auf seinem Arm.

Ich fuhr mit dem Finger über den Löwen, die Haut war geschwollen und rot und zischte unter meiner Berührung.

»Was ich schon vor langer Zeit hätte tun sollen«, murmelte Lionel. »Lance ist fortan dein Wächter, bis einer von euch seinen letzten Atemzug tut. Gewöhnt euch aneinander. Denn eure Leben sind jetzt miteinander verflochten.« Er sah mich an, und ich bleckte die Zähne. »Dein Leben ist an seines gebunden. Wohin er geht, gehst du. Ende der Geschichte.«

Scorpio
Gemini
Virgo
Cancer
Aries
Leo
Taurus
Sagittarius
Capricorn
Aquarius
Libra
Pisces

DARIUS

KAPITEL 7

Mein Vater trat einen Schritt zurück; ich ließ den Kopf hängen, während Schmerz und Wut gleichermaßen durch meinen Körper jagten.

Ich hatte mich nicht gewehrt, als er angefangen hatte, auf mich einzuschlagen. Das tat ich nie. Ich war immer der Meinung gewesen, dass es alles nur noch schlimmer machen würde.

Meine Rippen, die ich während seines Angriffs hatte knacken hören, pochten vor Schmerz. Ich konnte keinen tiefen Atemzug nehmen. Der Geschmack von Blut füllte meinen Mund. In meinem Kopf war kaum Platz für etwas anderes als Schmerz und Feuer.

Lance starrte mich an, als hätte er mich noch nie zuvor gesehen, und ich konnte das Mitleid, das ich in seinem Blick fand, nicht ertragen.

»Steh auf!«, knurrte Vater. »Dieser Abend ist noch lange nicht vorbei. Ihr beide habt zu lange eure Augen vor der Wahrheit unserer Macht verschlossen. Aber jetzt ist der Zeitpunkt gekommen, an dem ihr sie akzeptieren müsst. Ihr müsst verstehen, was erforderlich ist, um die Art von Macht zu besitzen, für die ihr geboren wurdet.«

Lance schaffte es vor mir auf die Beine und streckte die Hand nach meinem Arm aus, als ich stolperte. Ich spürte, wie Blut an meiner Wange hinunterlief, und als ich auf mein weißes Hemd blickte, sah ich, dass es rot gesprenkelt war.

»Schaut nicht so erbärmlich drein, wenn ihr nach oben kommt. Ich habe den Rest unserer Gäste darüber informiert, dass dieser Abend vorbei ist. Sie glauben, dass dein kindischer Ausbruch über deine Verlobung der Grund für das Ende der Feierlichkeiten ist, und haben zugestimmt, dir Zeit zu geben, dich zu sammeln.« Vater wirbelte herum und stolzierte an Stella vorbei aus dem Raum.

Clara zögerte zunächst, kam dann aber mit Tränen in den Augen auf uns zu.

»Es tut mir so leid, Lance«, flüsterte sie. »Ich dachte, wenn ich Moms Forderungen folge, dann lässt sie dich vielleicht vom Haken. Damit du dein Leben fern von all dem leben kannst. Ich wollte nicht, dass das passiert.«

Lance starrte seine Schwester entsetzt an. »Was haben sie dir angetan?«, keuchte er.

Sie schob den Ärmel ihres Kleides zurück und enthüllte das Symbol des Widders auf ihrem eigenen Arm. »Ich bin an Lionel gebunden«, raunte sie. »Es ist nicht alles schlecht, er sorgt sich um mich, er …«

»Er lässt dich von sich trinken?«, zischte Lance. »Wir wissen es, wir haben es gesehen.«

Clara biss sich auf die Lippe, ihr Blick wanderte zu mir. »Wenn du dich von jemandem mit so viel Macht ernährst, ist das wie …«

»Komm nicht auf dumme Gedanken!«, knurrte ich. Ich hatte nicht vor, sie auch an meinem Hals saugen zu lassen.

»Keine Sorge. Ich wollte nur sagen, dass das Band auch gute Seiten hat.« Sie zuckte schwach mit den Schultern, und ich konnte sehen, dass sie viel Zeit damit verbracht hatte, sich selbst davon zu überzeugen.

Lance sah mich an und ich kniff die Augen zusammen. »Das gilt auch für dich. Ich habe heute Abend genug Blut verloren und nicht vor, auch noch welches zu spenden«, murmelte ich. Aber mein lahmer Versuch eines Witzes fiel flach, als die beiden mich einfach nur anstarrten. Ich musste echt beschissen aussehen, denn Clara weinte fast wieder und Lance presste die Kiefer so fest aufeinander, dass ich Angst hatte, er könnte sich einen Zahn abbrechen.

»Lionel manipuliert dich«, sagte Lance mit starrem Gesichtsausdruck zu Clara. »Was will er im Austausch für sein Blut?«

Clara schüttelte den Kopf und blickte auf ihre Füße. »Ich will es auch, ich habe nur … Angst.«

»Angst wovor?«, fragte Lance und streckte die Hand nach ihr aus, aber sie wich zurück.

»Wir sollten Lionel nicht warten lassen«, flüsterte Clara schließlich. Sie warf ihrem Bruder einen langen traurigen Blick zu, bevor sie die Treppe hinaufhuschte und wir sie nicht mehr sehen konnten.

»Lass mich dir helfen«, sagte Lance leise und kam mit ausgestreckter Hand auf mich zu.

»Schon gut«, murmelte ich, wischte mir eine Blutspur von der Wange und versuchte, den stechenden Schmerz zu ignorieren, als ich dabei mit den Fingerknöcheln auf eine Wunde traf.

»Ich kann dich nicht so leiden lassen«, sagte er.

»Schon gut. Mutter wird mich zusammenflicken, wenn sie mich sieht«, sagte ich abweisend. »Es ist das einzige Anzeichen dafür, dass sie weiß, dass er es ist, der mir diese Verletzungen zufügt.«

Lance' Mund verzog sich zu einer festen Linie, aber er wich nicht zurück. »Ich *muss* dir helfen, Darius«, sagte er eindringlich. »Ich habe keine andere Wahl. Dich so zu sehen, bereitet mir körperliche Schmerzen. Es ist, als wären deine Schmerzen meine und ich …«

Lance verstummte, als wir uns ansahen. Das hatte die Magie meines Vaters mit uns gemacht. Er konnte es nicht ertragen, mich leiden zu sehen, und er musste mir helfen, ungeachtet der Konsequenzen.

Ich nickte starr, um meine Zustimmung zu zeigen, woraufhin er die Distanz zwischen uns überbrückte und seine Handfläche auf meine Haut drückte.

Unter seiner Hand breitete sich ein grünes Leuchten aus, und der wärmende Strom seiner Magie sickerte in mich hinein, während er sich daran machte, meine vielen Verletzungen zu heilen.

Wir standen schweigend da, während er arbeitete, und der Schmerz verließ langsam meinen Körper. Meine Rippen knackten erneut, als sie in ihre richtige Position zurückgezogen wurden, und Lance zuckte zusammen, als hätte er das selbst auch gespürt.

Ich atmete tief ein, als der Schmerz von mir abließ, und Lance taumelte einen Schritt nach vorn, nachdem er mich von seiner heilenden Magie befreit hatte.

Ich hielt seinen Arm fest, um ihn zu stützen, und bemerkte die dunklen Ringe unter seinen Augen.

»Ausgepowert?«, fragte ich und runzelte die Stirn. Ich wusste, dass er mir helfen wollte, aber er hätte die kleinen Wunden in Ruhe lassen können, wenn seine Magie so schwach war.

»Ja. Ich habe viel Magie eingesetzt, um Lionel abzuwehren, und seit gestern nicht mehr getrunken«, gab er zu und biss die Zähne zusammen. Seine Erschöpfung bereitete ihm offensichtlich Unwohlsein.

Sein Anblick erfüllte mich mit Traurigkeit, die weit über das normale Maß an Fürsorge hinausging, das ich normalerweise für jemanden in seiner Position empfinden würde.

»Hier«, sagte ich und hielt ihm mein Handgelenk hin, ohne wirklich darüber nachzudenken.

Lance runzelte überrascht die Stirn. Mächtige Fae opferten ihr Blut nicht einfach so den Vampiren, und ich war stärker als er, auch wenn ich noch nicht gut ausgebildet war.

»Ich kann das nicht … Wenn ich dein Unbehagen sehe, fühle ich mich beschissen«, gab ich gereizt zu.

Ich hatte nicht um dieses Band zwischen uns gebeten, keiner von uns hatte das. Aber ich sah keine andere Möglichkeit, als vorerst einfach zu akzeptieren, was passiert war. Und das bedeutete, dass ich es nicht ertragen konnte, wenn es ihm schlecht ging oder er keine Kraft hatte.

»Bist du sicher?«, fragte er, obwohl seine Reißzähne bereits als Reaktion auf den Ruf meines Blutes wuchsen.

»Beeil dich einfach. Ich will keine weitere Tracht Prügel dafür kassieren, dass ich Vater warten lasse«, sagte ich dunkel.

Lance' Augen blitzten vor Wut, als er daran dachte, dass ich wieder verletzt werden könnte, aber er schob die Emotion beiseite, als er mein Handgelenk ergriff und zubiss.

Dem stechenden Schmerz folgte schnell ein Gefühl der Freude, als ich die Zufriedenheit in seinen Augen bemerkte. Das fühlte sich richtig an, *gut* sogar. Ich belohnte ihn dafür, dass er mir geholfen hatte, und mir wurde klar, dass ich das fast genauso sehr wollte, wie dieses potthässliche Mädchen oben nicht zu heiraten.

Ich ertappte mich dabei, wie ich die Hand ausstrecken und ihn näher zu mir ziehen wollte, aber ich kämpfte gegen diesen seltsamen Impuls an, weil ich wusste, dass er nicht wirklich von mir kam.

Lance zog sich zurück, als er genug hatte, und ließ meinen Arm los, während er mich weiterhin ansah.

»Scheiße«, hauchte er. »Du schmeckst wie …«

»Das hat sich ein bisschen zu gut angefühlt, um normal zu sein«, gestand ich. Die Erinnerung daran, wie mein Vater Clara von sich hatte trinken lassen, ging mir nicht aus dem Kopf, und ich musste daran denken, wie sie einander geradezu gestreichelt hatten.

»Ja. Dein Blut ist wie mein eigenes verdammtes Faeroin«, sagte Lance, und seine dunklen Augen leuchteten angesichts der Kraft, die ich ihm gerade gegeben hatte.

»Ich denke, wir sollten das lieber nicht wiederholen«, sagte ich und schob den Stich der Sehnsucht beiseite, der damit einherging. »Ich habe keine Lust darauf, dass du beim nächsten Mal versuchst, mich beim Trinken zu bespringen.«

»Mit der Befürchtung liegst du wahrscheinlich nicht ganz falsch«, antwortete Lance, sein Tonfall war scherzhaft, aber seine Augen leuchteten vor Verlangen nach meiner Magie.

»Mmmhmm.« Ich trat von ihm weg und steuerte auf die Treppe zu, wobei ich zwei Stufen auf einmal nahm.

Als ich die Eingangshalle erreichte, sah ich durch die offenen Türen, wie ein Wagen wegfuhr.

»Die letzten unserer Gäste sind gerade gegangen«, verkündete Vater, als sein durchdringender Blick auf mich und Lance fiel.

Er kommentierte die Tatsache, dass ich geheilt worden war, nicht. Es hatte ihn auch nie gekümmert, dass Mutter mich nach seinen Angriffen stets geheilt hatte. Ich vermutete, dass es ihm genügte, seinen Zorn an meinem Körper zu stillen, ohne dass er darauf bestehen musste, dass ich danach die Verletzungen zur Schau stellte.

»Gehen wir«, sagte Tante Stella eifrig, als sie aus einem Zimmer zu unserer Linken kam. Sie hatte sich in einen nachtblauen Umhang gehüllt und zog jetzt, da sie näher kam, die Kapuze über den Kopf.

Vater bedeutete uns, ihm zu folgen, als wären wir zwei Hunde, und ging durch das Haus zurück in Richtung Speisesaal.

Als wir ankamen, stellte ich fest, dass die Erben und ihre Familien zwar gegangen waren, die meisten meiner Onkel und Cousins aber nicht. Einige von ihnen hatten ihre Hemden ausgezogen, und mein Blick fiel auf Oscars vernarbte Brust, als er auf uns zukam. Zum Glück war seine hässliche Tochter nicht zu sehen, und sein Blick war auf meinen Vater gerichtet, nicht auf mich.

Ich suchte in der Menge nach meinem Bruder, aber auch er war nicht anwesend.

»Wir sind bereit, Kommandant«, sagte Oscar und sprach meinen Vater mit seinem Titel als Anführer der Drachengilde an. Diesen Begriff hörte ich selten, aber er bedeutete, dass das, was sie vorhatten, wichtig war.

»Es ist Zeit«, sagte mein Vater und führte die Gruppe aus dem Haus und zum Tor am anderen Ende der Auffahrt.

In dem Moment, als wir die Grundstücksgrenze überschritten, blieb Vater stehen und drehte sich zu uns um. »Kommt alle näher zusammen«, wies er uns an.

Lance trat an meine Seite, während die Drachen, Stella und Clara alle auf meinen Vater zuströmten.

Vater holte einen Beutel Sternenstaub aus seiner Tasche, und mein Herz schlug schneller, als ich mich fragte, wohin er uns wohl bringen würde.

Mit einer schnellen Handbewegung warf er eine Handvoll des unbezahlbaren Sternenstaubs in die Luft, der uns aus unserer aktuellen Position in der Welt riss und an einen anderen Ort transportierte.

Eiskalte Luft schlug mir entgegen, als wir auf einer offenen Klippe ankamen, und das Rauschen der Wellen drang an meine Ohren.

Lance packte meinen Arm und zeigte hinter mir in den Himmel. Als ich mich umdrehte, sah ich die Mondfinsternis, die gerade begonnen hatte.

Meine Lippen teilten sich. Himmelsereignisse wie dieses hatten eine enorme Kraft, die ich bis in die Knochen spüren konnte. Was auch immer mein Vater vorhatte, es war kein Zufall.

Überall um uns herum wurden Feuer entfacht, die zum Himmel aufstiegen, während die Drachen nun alle ihre Hemden auszogen und in einer alten Sprache zu singen begannen, die ich nicht verstand.

Mein Blick fiel auf Clara, die mit zitternden Händen begann, ihr langes Kleid aufzuknöpfen. Sie ließ es fallen und ihre Mutter hüllte sie in ein fließendes blaues Gewand, das dem ihrem ähnelte.

Einer der Drachen verteilte Holzmasken mit geschnitzten grotesken Gesichtern, während ein anderer weitere Gewänder austeilte.

»Wir müssen dem ein Ende setzen«, flüsterte Lance mit vor Entsetzen weit aufgerissenen Augen. »Das ist mehr als nur dunkle Magie. Diese Art von Ritual wurde vor langer Zeit verboten. Es ist eine Einmischung in Mächte, die wir nicht kontrollieren können. Wenn jemand hier zu tief darin versinkt, ist er verloren, dann wird seine Seele von den Schatten verschlungen.«

Bevor ich antworten konnte, spürte ich eine kalte Hand auf meiner Schulter.

»Ihr Jungs seid heute Abend hier, um zuzusehen«, sagte mein Vater mit düsterer Stimme, die mich wie ein Zauber umhüllte. »Nicht, um euch einzumischen.«

Ich schaute überrascht zu ihm auf, aber bevor ich antworten konnte, erreichte uns seine Kraft und zwang uns in die Knie.

Starke magische Bänder umschlangen meinen Körper und machten mich bewegungsunfähig. Und so saß ich am Rande dieses Wahnsinns, während der Gesang um uns herum immer lauter wurde.

»Du musst das stoppen«, knurrte Lance und kämpfte gegen seine eigenen Fesseln an. »Du kannst unmöglich hoffen, diese Art von Magie zu bändigen. Mein Vater hat mir gesagt, dass …«

»Dein Vater war nicht stark genug, um die Schatten zu bändigen. Er war eine Enttäuschung und ein Narr. Wir werden den gleichen Fehler nicht zweimal machen.« Vater entfernte sich ohne ein weiteres Wort von uns, und wir blieben zurück, knieten im Dreck und waren gezwungen, diesem abgefuckten Ritual beizuwohnen.

»Wir müssen etwas tun«, beharrte Lance, obwohl wir beide wussten, dass es hoffnungslos war.

Sein Blick fiel auf Clara, als seine Mutter ihr eine Maske reichte. Für einen kurzen Moment konnte ich ihr tränenüberströmtes Gesicht und die Angst in ihren Augen sehen, bevor die Maske ihre Züge verdeckte und sie in die Bewegungen des Rituals überging.

Der Gesang wurde lauter, heftiger und steigerte sich zu einem Crescendo, während der Mond dem Moment der totalen Mondfinsternis immer näher kam.

Die Magie in meinen Adern brodelte, machte sich bereit, freigesetzt zu werden, und eine Schweißspur rann mir den Rücken hinunter.

Etwas kam näher. Sie riefen etwas herbei, das nicht hierhergehörte.

Mein Herz pochte heftig gegen meine Rippen, und ich schaute panisch in den Himmel, als der Mond sich dunkelrot färbte.

Plötzlich endete der Gesang, die Fae schwiegen und alle verhüllten Gestalten erhoben ihre Hände als stumme Bitte zum Himmel.

Etwas unglaublich Helles lenkte meinen Blick nach rechts, und ich schnappte nach Luft, als ich den Meteoriten entdeckte, der in seiner ganzen brennenden Pracht auf uns zuraste.

Er war so hell, dass ich kaum hinsehen konnte, aber ich konnte den Blick auch nicht abwenden.

Die Dunkelheit selbst ritt auf diesem fallenden Stern. Und er kam direkt auf uns zu.

Er schlug mit solcher Wucht in die Erde ein, dass der Boden bebte, und hinterließ eine gleißende Spur, als er über den Boden schoss.

Ein Schreckensschrei entrang sich meiner Kehle, und die Hitze, die von ihm ausging, versengte mir fast das Fleisch, als der riesige Felsbrocken mitten zwischen den verhüllten Gestalten zum Stehen kam.

Die darauffolgende Stille dröhnte in meinen Ohren. Ich wusste nicht, was sie vom Himmel beschworen hatten. Aber ich verspürte ein intensives Gefühl der Angst, als ich es ansah.

Scorpio
Gemini
Virgo
Cancer
Leo
Sagittarius
Taurus
Capricorn
Libra
Aquarius
Pisces

ORION

KAPITEL 8

Ich kniete völlig geschockt an Darius' Seite und beobachtete, was sich vor meinen Augen abspielte. Der Meteor hatte ein riesiges Loch geschaffen, und das erhitzte Gestein glühte vom Aufprall. Der Gesang unserer beiden Familien wurde vom Wind fortgetragen und vermischte sich mit dem rasenden Klang meines Herzschlages.

Lionel hob die Arme über den Kopf und rannte dann zielstrebig auf den Rand der Klippe zu. Meine Kehle wurde eng, als er sich in Richtung Meer stürzte, und obwohl ich wusste, was er vorhatte, hoffte ein Teil von mir, dass er auf die Felsen prallen würde, bevor er sich verwandelte. Das würde uns allen einen Gefallen tun.

Stille folgte, als er hinter der Felskante verschwand und nur noch das Rauschen der Wellen zu hören war. Die Ruhe war erdrückend, und ich warf Darius einen vielsagenden Blick zu, während wir darauf warteten, dass sein Vater wieder auftauchte.

Ein dröhnendes Brüllen zerriss die Luft, und der Schatten einer riesigen Bestie schoss in den Himmel. Lionel breitete seine Flügel aus, und das Licht der Feuer glitzerte auf seinen metallisch grünen Schuppen. Er war größer als jeder andere Drache, den ich je gesehen hatte, seine Flügelspannweite war immens, und sein Schwanz peitschte hinter ihm in einem Fächer aus tödlich aussehenden Stacheln. Er schwebte über uns und der Wind rauschte über uns hinweg, woraufhin mein Herz wild und arrhythmisch schlug. Wir wurden nach vorn gedrückt und das Gras neigte sich, um seinen Bewegungen durch den Himmel zu folgen.

Er umkreiste den Krater einmal, bevor die Welt in purpurroten Flammen erstrahlte, als er eine Ladung Höllenfeuer ausspie. Der gefallene Stern schmolz unter dem Feuer – der Meteor verwandelte sich in nichts als einen schimmernden Haufen Ruß, genau wie in der Vision, die die Knochen mir geliefert hatten.

»Darius«, zischte ich, und Angst lag in meinem Ton.

Er warf mir einen verzweifelten Blick zu. »Wir müssen das beenden.« Er versuchte, sich aus seinen Fesseln zu befreien, aber es gab wenig Hoffnung. Wir waren bewegungsunfähig, in der Unterzahl und schlecht vorbereitet. Er fluchte mit zusammengebissenen Zähnen, während er sich aufzurichten versuchte.

Ich suchte in der Menge der maskierten Gesichter nach meiner Schwester. Ich erkannte sie etwa zehn Schritte entfernt und rief nach ihr, flehte sie mit den Augen an, zu mir zu kommen.

Sie schüttelte den Kopf, und ich verfluchte die Sterne selbst. Ich verabscheute den Gedanken, unserem Schicksal so ausgeliefert zu sein. In der Vision, die wir gesehen hatten, war Blut geflossen. So viel Blut, dass ich mir nicht vorstellen wollte, was noch geschehen würde. Und dann diese Worte … *Der Tod ist nah.*

»Clara!«, rief ich und warf ihr einen grimmigen Blick zu. Stattdessen reagierte meine Mutter, kam auf mich zu und rückte die gruselige Maske zurecht, die ihr Gesicht bedeckte. Sie kniete sich vor mich ins Gras und strich mir mit den Fingern über die Wange.

Ich zuckte zurück und bleckte die Zähne. »Es wird etwas Schlimmes passieren, wenn das nicht aufhört«, sagte ich zu ihr und betete, dass ich zu ihr durchdringen würde.

»Erinnere dich daran, was dein Vater immer gesagt hat. Es gibt kein Gut und Böse«, sagte sie sanft.

»Damit hat er etwas völlig anderes gemeint«, fuhr ich sie an, aber sie schüttelte den Kopf und ein spöttischer Ton erklang hinter ihrer Maske. Sie stand auf und ging zurück zu dem Kreis der Fae, und mein Herz pochte wütend unter meinem Brustkorb.

Lionel schoss vom Krater weg und landete anmutig im Gras. Er legte seine Flügel an, und seine Schuppen bewegten sich, als er sich darauf vorbereitete, zu seiner Fae-Gestalt zurückzukehren. Seine Frau trat vor und hielt ihm Gewänder hin, und er stieß ein leises Knurren aus, bevor sich seine gesamte Form veränderte. Einen Moment später zog er die Gewänder an, die seine Frau ihm reichte, und ging barfuß zum Rand des Kraters, wobei der Wind den Saum hinter ihm aufwirbelte.

»Sternenstaub, der während einer Mondfinsternis erschaffen wurde, bringt den Reisenden an nur einen einzigen Ort«, sagte Lionel zu allen, und mein Herzschlag beschleunigte sich.

Wovon spricht er? Welcher Ort?

Ich warf Darius einen Blick zu, und sein Gesichtsausdruck verriet mir, dass auch er keine Ahnung hatte.

»Heute Nacht werden wir die ersten Fae sein, die jemals das Schattenreich betreten«, verkündete Lionel, und mein Atem stockte.

»Bist du verrückt?«, fragte Darius seinen Vater und kniff die Augenbrauen zusammen. Lionel ignorierte ihn und starrte konzentriert in das Loch, während seine Augen voller Hoffnung und mit unzähligen Träumen aufleuchteten.

Das Schattenreich war die dunkelste Spiegelwelt, die es gab. Von dort kam nichts Gutes. Aber es gab ein Gerücht, das bislang nicht bestätigt worden war. Dass das Schattenreich die Heimat des schwer fassbaren Fünften Elements war: des Elements der Schatten.

Meine Schultern wurden steif vor Anspannung, als ich Lionel anstarrte, unfähig, zu glauben, dass er dumm genug war, dies zu versuchen. Hatte er nicht schon genug Macht? Er war einer der vier Celestia-Herrscher. Seit dem Tod des Grausamen Königs saß er auf dem Thron neben den anderen drei Ratsmitgliedern. Was wollte er noch?

»Es ist Zeit, Clara«, rief Lionel ihr zu, und mein Herz schlug mir bis zum Hals.

»Zeit wofür?«, rief ich, aber sie ignorierte mich und ging auf Lionel zu. Ihre Bewegungen verrieten mir, dass sie nervös war. Aber ihre Nervosität war nichts im Vergleich zu dem, was ich fühlte. »Clara!«, flehte ich. »Tu nichts für ihn!«

Sie blickte in meine Richtung, und die Starre ihrer Haltung verriet mir, dass sie sich bereits für das, was sie tun würde, entschieden hatte. »Ich tue es nicht für ihn, Lance«, rief sie, nahm die Maske von ihrem Gesicht und ließ sie zu Boden fallen. »Ich will das.«

»Bitte hör auf«, flüsterte ich, und tausend Emotionen zerrten an meinem Herzen. Das war nicht sie. Dunkle Magie hatte sie verdorben, sie dazu gebracht, sich nach mehr Macht zu sehnen – und das war nun ihr Verderben. Und ich wusste, dass meine Mutter und Lionel daran schuld waren. Sie hatten sie manipuliert. Sie mit Drachenblut bestochen. Und jetzt steckte sie so tief in dieser Scheiße, dass sie keinen Ausweg mehr sah.

Lionel legte eine Hand auf ihren Rücken und stieß sie dann nach vorn, sodass sie in Richtung Krater stolperte. Vorsichtig bewegte sie sich hinunter zum glühenden Herz des Kraters, wobei ihr ganzer Körper zitterte. Der große Haufen funkelnden Sternenstaubs war größer als jede Sternenstaub-Ansammlung, die ich je gesehen hatte.

Meine Schwester kniete sich daneben, drückte ihre Finger in den

Staub und ließ ihn durch ihre Finger rieseln. Schließlich holte sie etwas aus ihrem Gewand. Ein Messer glitzerte im Feuerschein und ließ meinen Puls schneller schlagen.

»Clara!«, rief ich mit zitternder Stimme. Lionel warf mir einen grimmigen Blick zu, aber ich ließ mich nicht von ihm zum Schweigen bringen.

Sie ignorierte mich weiterhin, hob das Messer an ihren Arm und ritzte sich eine Linie ins Fleisch.

Blutmagie ... aber warum?

Als das Blut auf den Sternenstaub tropfte, bewegte sie das Messer zu ihrem anderen Arm und schnitt sich erneut. Der Sternenstaub begann zu pulsieren, als wäre er lebendig, dann wand er sich langsam wie eine Schlange und stieg auf, um sich um die Wunden an ihren Armen zu wickeln. Ich wusste in meinem Innersten, dass dies die Dunkelheit war, die Schatten, die gekommen waren, um die Macht zu beanspruchen, die sie ihnen anbot.

Claras Schultern zitterten, aber sie lehnte sich vor, nicht zurück. Mein Atem wurde flacher, als sie einen leisen Seufzer ausstieß – die Blutmagie gab ihr das vertraute Hochgefühl. Ihre Augen rollten zurück, und der Sternenstaub glitt weiter ihre Arme hinauf.

Die anderen sangen immer lauter, aber ich konnte mich nicht von dem schrecklichen Anblick vor mir abwenden. Ich schrie meine Schwester immer wieder an, bis ich völlig heiser und meine Kehle wund war, aber sie drehte ihren Kopf nie in meine Richtung.

Der Sternenstaub kroch über ihre Schultern, und Panik ergriff mich, als er ihren Hals kitzelte.

Darius schrie seinen Vater an, aber ich konnte die Worte nicht hören, zu geschockt von dem, was ich sah.

Der Staub legte sich um Claras Hals, glitt weiter, bedeckte ihren Mund und schloss sich um ihre Nase.

Sie blieb in seinem Griff und neigte den Kopf nach hinten, als würde sie den größten Rausch ihres Lebens genießen.

»Lionel!«, schallte die Stimme meiner Mutter in meinen Ohren.

»Beruhige dich, Stella«, knurrte er sie an. »Deine Tochter ist rein, sie kommt schon klar.«

Rein? Was sollte das überhaupt bedeuten?

Der Staub hüllte meine Schwester jetzt vollständig ein und drückte sie in die Tiefen des aufsteigenden Hügels. Ich zitterte vor Wut, Schrecken und Panik. Darius drückte sich näher an mich und ich spürte, dass er versuchte, mich zu trösten.

Was passiert hier?

Wie lange wird es dauern, bis sie zu mir zurückkommt?

Der Staub stieg höher und höher in Richtung der Mondfinsternis, eine Säule aus sich windender, krümmender Dunkelheit.

Die Gruppe begann zu murmeln, ihr Gesang verstummte, aber Lionel machte entschlossen weiter.

Als der Staub sich über unseren Köpfen drehte und mich in seinen Schatten hüllte, öffnete sich eine tiefe Kluft der Angst in meiner Brust.

Etwas stimmt nicht.

Mit einem Geräusch, der prasselndem Regen ähnelte, stürzte der Turm ein und ergoss sich in einer Kaskade aus schimmernden Körnern in Richtung des Mittelpunkts des Lochs. In dem Moment, in dem die dunkle Substanz den Boden berührte, verwandelte sie sich in Blut. Sie explodierte am Boden des Kraters und spritzte an den Seiten hoch. So viel Blut – es war alles, was ich sehen konnte. Eine rote wirbelnde Lache aus Blut.

Mein Herz setzte aus, als mir die schreckliche Realität bewusst wurde.

Meine Mutter schrie.

Auch andere Leute schrien und fluchten.

Mein Herz brach entzwei, und alles, woran ich denken konnte, war: *Sie ist tot.*

Sie ist tot, sie ist tot, sie ist tot.

Mom legte ihre Hände auf mich, umarmte mich und tätschelte mein Hemd. Aber ich konnte mich nicht bewegen, ich konnte den Blick nicht von diesem Krater abwenden, in dem die Überreste meiner Schwester schwammen.

»Es war ihre Entscheidung«, schluchzte meine Mutter an meiner Schulter, als wollte sie mich davon überzeugen. »Sie wollte das.«

»Wir haben versagt«, fauchte Lionel.

»Wie kann das alles sein, was dich interessiert?«, brüllte Darius ihn an.

Meine Mutter weinte weiter und ihre Tränen durchtränkten mein Hemd, während ich vor Schock wie erstarrt blieb. Unzählige Gefühle suchten nach Einlass in mein Herz, während ich versuchte, diese schreckliche Wahrheit zu verarbeiten.

Clara ist tot.

Meine Schwester ist fort.

Ich konnte mich nicht bewegen, um meine Mutter wegzustoßen, aber sobald ich von diesem höllischen Ort befreit war, würde ich nie wieder zulassen, dass sie mich berührte. Sie und Lionel hatten das getan, und ich würde ihnen das nie verzeihen.

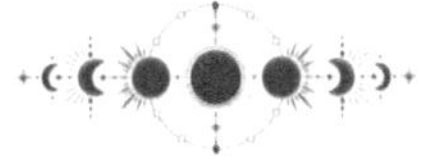

Die Welt versank im Regen, als ich aus dem Fenster meiner Einzimmerwohnung in der Stadt Tucana starrte. Tiefstes Blau verschmolz mit tiefstem Grau. Unten auf der Straße bewegten sich die Leute unter Luftschilden oder unter dem Schutz von Regenschirmen, den einzigen Farbtupfern in der Welt.

Das Geräusch des sich öffnenden Dachfensters hinter mir erregte meine Aufmerksamkeit, und als ich mich umdrehte, sah ich, wie Darius nackt in meine Küche fiel. »Ich hasse es, im Regen zu fliegen.« Er schob sich die nassen Haare aus dem Gesicht.

»Du kannst das Wasser in Dampf verwandeln, bevor es dich berührt, wenn du dein Feuerelement nutzt«, murmelte ich, und seine Augen leuchteten bei dieser Vorstellung auf, bevor er in mein Schlafzimmer ging.

Ich wartete auf seine Rückkehr, da ich an diese Routine gewöhnt war. Einen Moment später kam er in Jogginghose und T-Shirt zurück in die Wohnküche und holte sich ein Bier aus dem Kühlschrank.

»Kein wirklicher Sommer«, kommentierte er, und ich grunzte zustimmend.

Stille folgte, aber nicht die unangenehme Art. Der Tod meiner Schwester lag zwei Monate zurück. Zwei Monate, die sich wie ein Albtraum angefühlt hatten. Zwei Monate, in denen ich in einer Art Wiederholung der Ereignisse festgesteckt hatte.

»Hast du der Liga geschrieben?«, fragte Darius beiläufig, und eine eisige Kälte erfüllte meine Brust.

»Nein.«

»Vielleicht lassen sie dich mal zum Probetraining kommen, wenn du nur …«

»Nein«, knurrte ich, und er ließ es bleiben.

Ich hatte meine Chance bei der Solarischen Pitball-Liga verpasst. Nach dem Verlust meiner Schwester war ich nicht in der Lage gewesen, zum Probetraining zu gehen. Und man bekam nur eine Chance bei der Liga.

Das Plätschern von Regentropfen gegen das Fenster war das einzige Geräusch, das meine Wohnung erfüllte.

Ich seufzte und wandte mich Darius zu, der mit einer Dose Bier in der Hand auf der grauen Küchentheke saß.

»Das habe ich heute bekommen.« Ich ging zu dem Stapel Briefe neben meiner Eingangstür und nahm das einzelne Blatt heraus, das von der Zodiac Academy gekommen war. Die Schule finanzierte derzeit meine Wohnung. Rektorin Nova hatte mich offenbar für förderungswürdig befunden, weil ich für das Pitball-Team der Schule Werbung gemacht hatte. Was völliger Schwachsinn war. Das war Mitleidsgeld. Aber ich hatte meinen Stolz hinuntergeschluckt und es genommen, weil ich sonst Geld von Lionel oder meiner verdammten Mutter hätte annehmen müssen. Das war also die beste von drei schlechten Optionen.

Ich hielt Darius den Brief unter die Nase, und er las ihn mit hochgezogenen Augenbrauen. »Die wollen, dass du dich als Lehrer bewirbst?«, spöttelte er. »Du bist nicht gerade der Schlipsträgertyp, Alter.«

Ich zuckte mit den Schultern und nahm ihm den Brief aus der Hand. »Könnte ich aber sein. Besser, als hier herumzusitzen und darauf zu warten, dass mein Geld ausgeht.«

Darius runzelte die Stirn, und ich spürte, dass ihm etwas durch den Kopf ging.

»Was?«, fragte ich.

Er kaute eine Sekunde lang auf seiner Innenwange herum. »Na ja … ich dachte nur, was, wenn mein Vater etwas damit zu tun hat? In ein paar Jahren werde ich selbst die Academy besuchen. Und wenn du dort bist, kannst du mich weiterhin ›beschützen‹. So, wie er es will.«

Ich nickte langsam, da ich selbst auch darüber nachgedacht hatte. Das Band, das er Darius und mir auferlegt hatte, war so stark wie eh und je. Ich hatte das tiefe Bedürfnis, ihn zu beschützen, aber ich versuchte, mich davon nicht stören zu lassen. Ich hatte ohnehin immer auf ihn aufgepasst. Nur hatte ich jetzt eben keine andere Wahl mehr. Außerdem waren meine Träume dahin, also war Darius alles, was mir wirklich noch blieb.

»Nicht, dass du kein *großartiger* Professor wärst.« Er schnaubte, und ich musste grinsen. Seit ich Clara verloren hatte, fiel es mir immer leichter, mich von meinen Gefühlen abzukoppeln. Ich konnte ein Lächeln so leicht vortäuschen, wie ich ein Ei aufschlagen konnte. Aber bei Darius waren sie in der Regel echt.

»Hey, ich bin mehr als nur ein hübsches Gesicht«, spielte ich seinen Witz weiter. »Ich habe in meinen Abschlussprüfungen durchweg Einsen bekommen.«

»Richtig, ganz vergessen, dass du im Geheimen der totale Nerd bist.« Er grinste auch und nahm den Brief wieder an sich. »Also, was wirst du tun? Ein schickes Hemd anziehen und nach der Pfeife meines Vaters tanzen?«

Ich fuhr mit dem Daumen über meine Unterlippe. »Nein … ich denke, wir sollten ihn mit seinen eigenen Waffen schlagen. Er will, dass ich auf dich aufpasse? Schön. Ich nehme diesen Job an und bringe dir alles bei, was ich weiß. In den Unterrichtsstunden – und außerhalb.« Er sah mich verschmitzt an.

»Dunkle Magie?«, vermutete er, mit einem Hauch von Aufregung in seinem Tonfall.

»Du könntest mächtiger sein als dein Vater, Darius.«

»Du willst Rache«, sagte Darius unbehaglich.

»Ja und nein.« Ich seufzte. »Clara hat ihre Wahl getroffen, aber es war Lionels Blut, das den Deal besiegelt hat.« Meine Kehle wurde eng, als ich den Namen meiner Schwester aussprach. Ich war mir nicht sicher, wie lang es her war, dass ich ihn das letzte Mal laut gesagt hatte. »Ich kann etwas tun, um es ihm heimzuzahlen, Darius. Und du auch. Ich will sehen, wie du dich erhebst. Wie du der mächtigste Erbe von allen wirst und deinen Vater unter deinen Füßen zermalmst.«

Seine Augen leuchteten bei dem Gedanken. »Glaubst du wirklich, dass ich das kann?«

»Ja«, sagte ich fest. »Ich werde dir helfen. Und nichts wird sich uns *jemals* in den Weg stellen.«

NACHRICHT DER AUTORINNEN

Okay, ihr seid jetzt also in die dunkle Vergangenheit moralisch fragwürdiger Männer eingetaucht und habt die herzzerreißenden Geheimnisse entdeckt, die sie plagen – traut ihr euch nun, diesen Weg weiterzugehen?

Beim Schreiben der Zodiac-Academy-Serie hat es sich angefühlt, als würden wir diesen beiden Charakteren und dieser Welt ein Stück unserer Seele opfern. Und wir hoffen, dass ihr jedes dunkle Detail genauso genossen habt wie wir. Dies ist der Beginn einer Geschichte, die uns für immer am Herzen liegen wird, und wir können nur hoffen, dass ihr uns die Prüfungen und Leiden verzeiht, die wir diesen vom Schicksal gebeutelten Seelen auferlegen. Denn der Schmerz wird definitiv noch kommen.

Vielen Dank, dass ihr uns auf dieser Reise nach Solaria begleitet. Ihr werdet vielleicht nicht unversehrt auf der anderen Seite wieder auftauchen, aber wir versprechen, dass es sich lohnen wird.

In Liebe
Susanne und Caroline
XOXO

IHR WOLLT MEHR?

Um mehr zu erfahren, kostenloses Lesefutter zu erhalten und unserer Lesergruppe beizutreten, scannt einfach den QR-Code unten!